古玩人生

之七 億元古幣

鬼徒／著

古玩人生之七 億元古幣

目錄

古玩人生

第一章

賭徒心理

賭石一行，
當一塊翡翠原石要被徹底切開的時候，
不管原石本身的價值高低，
原石的主人都會有一些賭徒的心理。
正是因為有了這樣的心理，
才不斷地刺激和驅使著每一位賭石的人，
前仆後繼地撲在賭石的事業上，
乃至於沉迷其中不可自拔。

「看來，玩古玩的人，只有遇到了自己喜歡的東西，才會慷慨地出價啊。」周富貴在邊上聽著，也漸漸琢磨出馬爺說這段話的意思了，還設身處地說了一句：「就好比我吧，要是遇到了一件碧玉類的好玩意兒，即便對方開出來的價格虛高一些，我也還是能夠很容易地接受的。」

「周大叔，這可是你說的哦。」賈似道對周富貴笑道，「要是以後我有機會收到碧玉的好東西的話，我就高價轉手賣給你。到時候，你可別說我開價太高了。」

「好小子，我看吶，你不去開個翡翠店鋪，還真的是損失太大了。」周大叔沒好氣地說了一句，「簡直就是埋沒你做商人的天賦。」

一席話頓時讓書房內的三個人都笑呵呵的，氣氛更是融洽到了極點。

馬爺也很高興地解說了一番。他手上的這一方澄泥硯之所以珍貴，之所以讓他愛不釋手，主要還是因為其仿漢硯的器型實在是不可多得。要知道，這樣的器型對於愛硯的人而言，可是藏家手中的必收品啊，尤其是現在真正的漢代澄泥硯再也無法尋覓得到，要是能得到一方有漢風的清代澄泥硯，也不失為補白之作了。所以，究其具體價格，還真是不太好說。只能說，不同的人，在面對這樣一方硯台的時候，會有不同的心理價位。

出了馬爺的家門，賈似道和周富貴對視了一眼，兩個人的神情都還是比較愉悅的。周富貴很輕鬆地拍了拍賈似道的肩膀，以示贊許。剛才，在馬爺面前玩的那一套虛虛實實的把戲，說實話，還真的是有點把周富貴給嚇到了。好在，結局很完美。

「年輕人啊，就是有衝勁！」周富貴對賈似道贊了一句，「改天你的店鋪開張了，可不能像大叔我這樣，一輩子就被這麼一個店鋪給困住了。你還年輕，要多出去走走，見識見識。」

「周大叔說得是。」賈似道點了點頭，很虛心地接受了。

「不過，小賈啊，你在看了馬爺的書房之後，心裏有什麼樣的想法呢？」兩個人一起坐進周大叔的車裏，周大叔一邊發動車，一邊小聲地問了一句。

「什麼想法？」賈似道心裏一顫，訕訕地一笑，說道：「也沒什麼特別的想法。我當然是希望以後也能有這麼多收藏了。可是，以我的閱歷和能力，這些都還只能是想法而已，都不是馬上就能夠做到的。」

「呵呵，你心裏明白就好。有些事情，就怕你著急了，欲速則不達啊，尤其是古玩這一行。」周大叔說著，目光注視著擋風玻璃的前方，似乎想看得更加深遠一些，嘴裏則輕輕頗有些感觸地吟誦著：「明窗淨几羅列，佈置篆香居中，佳客玉立相映。時取古人妙跡，以觀鳥篆蝸書，奇峰遠水。摩挲鐘鼎，親見周商。端硯湧岩泉，焦桐鳴玉佩，不知人世所謂受用清福，孰有逾此者乎？是境也，閬苑瑤池，未必是過，人鮮知之，良可悲也……」

斷斷續續的聲音，賈似道只聽得欣然神往，同時也感歎著，即便是周大叔，這樣一個在古玩行內算不上玩得很深的人，都能出口成章，有一種古雅的氣質了，那麼，自己呢？

不要說什麼應景的古文詩句了，就是唐詩三百首，賈似道琢磨著，自己要是能完整地背誦出三五首，就算很不錯了。

當然了，對於馬爺家中的佈置，賈似道心裏的確是存了想要趁現在有錢，多弄幾件古玩回家擺著的心思，即便自己還不是很懂，但是，就算擺著充充門面，也是個不錯的選擇嘛。只是，在聽了周大叔這麼一番提醒之後，賈似道的心裏卻又有了另外一種想法。

追求自己喜歡的古玩，那沒錯。但是，肆無忌憚地去追求，是不是在少了一分樂趣的同時，也多了一分急功近利呢？

「對了，周大叔，剛才您念的是什麼詩句啊？我怎麼聽著，感覺和馬爺家裏的環境分外相配呢？」賈似道問了一句。

「呵呵，是趙希鵠趙大師的話。我當初第一次走進馬爺家裏的時候，就有這種感受了。」周富貴呵呵一樂，似乎對於當時自己的心情，還頗有些回味。

而賈似道看到周富貴此時的神情，也是格外神往。他回憶起，似乎在第一次見周富貴的時候，臨出「周記」的大門之前，他就聽到過周富貴在哼唱著一段不知名的越劇。那婉轉的腔調，一如古玩的瑰麗神秘，引人入勝……

賈似道回到別墅的時候，已經是夜裏了。

賈似道匆匆地洗了個澡，八月底的天氣，對於臨海這樣的江南城市而言，還屬於比較炎熱的時節。現在剛打通了馬爺這條門路，另外還有阿三的二爺爺那邊，有了阿三的關係，賈似道只要再前去拜訪一下，然後讓老人家放出一句支持的話來，是沒什麼大問題的。

如此一來，賈似道想要在古玩街那邊開個翡翠店鋪，前期的人際關係的疏通，無疑已經做好了充足準備。

一時間，賈似道的心情絲毫不因為天氣的炎熱而感到煩悶，整個人倒是感覺到一絲淡淡的夏夜的清涼。

要知道，從揭陽回來的這半個多月以來，賈似道可是忙得幾乎都失去自我了。連上海的李甜甜那邊聯繫好的那位準備幫他修補瓷器的小姨，賈似道都推脫著實在是沒有時間前去拜訪了。

或許，一個人富有了，手底下的攤子鋪開了，反而越來越沒有自由的時間了吧。

賈似道的嘴角，不由得微微流露出一絲苦笑，他看了看眼前這裝修華麗、心裏卻感覺到一絲空虛的別墅，原先那種自由自在的心情，一下子黯淡了不少。

好在準備用做翡翠加工的廠房，也就是儲藏室的地點，賈似道已經托了原來單位裏的老楊去張羅了。賈似道提出來的唯一的條件，就是希望距離古玩街稍微近一點，最好就是在古城區那一帶，只要房子的結構還算結實，房主又有意出售，賈似道就準備把整幢房子買下來，然後進行一下必要的防盜設施的安裝，就可以投入使用了。

當然，賈似道是沒辦法在儲藏室那邊住的，適當的時候，應該會請幾個保安人員。這話頭剛和老楊提起，老楊就大大咧咧地拍了拍自己的胸口，說道：「在古城區這一片，既然有我老楊在，還需要什麼保安啊。」

這話倒是讓賈似道眼前一亮，他問道：「老楊，難道你也不在單位裏幹了？」

「呵呵，我自己是沒空，這不還有我認識的人嘛。」老楊意有所指地說，「他們明面上的身分，可都是正兒八經的保安……」

於是，在賈似道和老楊的一陣竊喜中，在賈似道的儲藏室還沒著落的時候，相應的保安人員，倒是已經全部妥善地敲定了。看著老楊那信誓旦旦的模樣，賈似道倒也樂得不用自己再去操心。

翡翠店鋪這邊，賈似道同樣沒有太多的時間來打理。反正都把店鋪開在古玩街這邊了，即便是三天開店，五天關門的，賈似道也不是很在乎。在營業方面，那普通翡翠飾品，幾千上萬的，賈似道也不是很在意，隨便找個信得過的熟人，比如阿三介紹的他女朋友的朋友，來幫忙打理一下就可以了。

但要是那種幾百上千萬的翡翠飾品呢？賈似道自問，自己還沒有這麼放心大膽。要是他本人不在店裏待著的話，壓根兒都不敢擺出來出售。即便連「周記」這樣的老店鋪，好東西也都是存放在二樓的呢。賈似道這麼一個新人，猛然間在古玩街擺出那麼些價值連城的翡翠飾品來，多少也顯得稍微莽撞了一些。

忽然，賈似道的心頭浮起一個熟悉而又倍感親切的身影，似乎，這還真是個不錯的人選呢。賈似道的臉上終於綻放開了笑容，把店鋪裏的營業事務交給她來打理，是再放心不過的了。而且，還可以一次性解決自己一直以來不知道回家之後如何跟父母說的問題，簡直就是一舉兩得。

賈似道都要為自己這個突然間冒出的靈感，高興得跳起來。

如此一來，賈似道開店的事情，就算是一切都準備就緒了。

賈似道打了個電話給原先安裝別墅裏保險櫃等安全設施的廠家，談妥了過幾天可能要安裝儲藏室那邊的防盜設施的事宜，賈似道才算是鬆了口氣。他抬眼看了看外面的星空，整個人一下子心裏突然鬆懈了下來。這時的他，才算是回歸到本真的狀態了。

心裏一動，賈似道就來到了地下室裏。

他沒有去欣賞幾件瓷器的收藏，也沒有去察看那些已經切出來的翡翠料子，賈似道把所有的注意力，都集中到了地下室裏還沒有切開的翡翠原石上。看著眼前的這些原石，賈似道感覺到，之前所有的辛苦，所有的煩惱，都在轉瞬間煙消雲散了。連左手的手指，在這一瞬間，也變得蠢蠢欲動起來。

究竟先切開哪一塊為好呢？

賈似道並沒有像先前幾天那樣，瘋狂地尋找玻璃種帝玉綠翡翠。倒不是說賈似道對於王彪介紹的生意不上心。因為臨海這邊的翡翠店鋪就要開張了，要是能夠以玻璃種帝王綠的翡翠觀音掛件來一舉打響名氣的話，無疑是一件振奮人心的事。

賈似道看著地下室的角落，那裏堆放著不少玻璃種翡翠料子。有豔綠、俏陽綠這樣的極品玻璃種料子，也有菠菜綠、黃綠相間的，還有大多數是無色玻璃種的中檔翡翠料子。這還僅僅是擺放在別墅的地下室裏的，沒有拉到周大叔的廠房去讓許志國雕刻呢。

這足以說明，賈似道先前那幾天，尋找玻璃種帝王綠翡翠料子的時候，是多麼瘋狂了。

這會兒，賈似道的心裏平和了不少。翡翠質地的玻璃種，賈似道並不擔心，而能不能切出帝王綠來，就只能靠運氣了。也許，把這些翡翠原石全部都切開來，也不一定能夠找到呢。

賈似道琢磨著，要是翡翠店鋪開張了，銷售的所有翡翠擺件都是玻璃種這個級別的話，即便顏色上有著少許變化，比如有各種綠色的同時，也有夾帶著黃色的，卻也容易引來其他同行的猜疑。

於是，賈似道在選擇繼續切石的物件時，也就沒有那麼多講究了。

就像在陽美村大賭石的時候，李詩韻所看中的那一小段圓柱形的翡翠原石，賈似道現在看到了，就很自然地把它給搬了過來。因為賈似道對於這塊翡翠原石的印象是頗深的，他一早就知道是冰種翡翠了。隨即，他簡單乾脆地切了開來，事實上的表現和特殊能力所感知到的翡翠質地沒有什麼差別。

只是在顏色上，相對於賈似道所猜測的高綠，稍微有些意外。畢竟，光從翡翠原石的表皮來看，那厚厚的黑色表皮，似乎是內部隱含著不錯的綠色表現，但是，切出來之後，卻是一塊淡綠色的翡翠，有點像是青蘋果的感覺。倒也在賈似道的視野中，增添了一抹清新的氣息。

只是，讓賈似道稍微有些失望的是，這塊青蘋果一般的綠色翡翠，個頭兒實在是小了一點，連一隻普通的蘋果也比不上。不僅如此，就是在整體的形狀上，也和切出這塊翡翠料子的原石形狀有些相似，剛好是一段有些狹長的小圓柱體形狀。賈似道特意用手比劃了一下，大概就是三根手指並在一起的粗細和大小。

賈似道琢磨著，用它來雕刻成一顆和真實蘋果一般大小的青蘋果，也是個不錯的選擇。到時候，就這麼把一個喜人的青蘋果擺在翡翠店鋪裏，也算是一種不錯的宣傳和造勢了。

不過，現在嘛，賈似道看著手中的翡翠料子，淡淡地笑了笑，一時間不知道該雕刻成什麼樣了。好在那不是他需要考慮的事情，就等到真正要雕刻成翡翠飾品的時候，剝削一下許志國的腦力了。

賈似道放下手頭的這塊翡翠料子，轉而繼續看向成堆的翡翠原石。

那些個頭兒稍微小一些的，賈似道注意到，數量竟然還不少。其中所含的翡翠的質地，自然也是參差不齊的了。把這些翡翠原石收上來的原因，也是各有不同。有掩人耳目的，也有因為價格低廉，賈似道樂意當成撿個小漏給收上來的。此外，更有不少是在翡翠公盤上，那些精明的賣方，把好差不齊的翡翠料子全部給搭配在一起，合成一個標號，被賈似道無奈之下競標下來的。

賈似道先下意識地看了看翡翠公盤上賭下來的一百八十九號標中的幾塊翡翠原石，這裏面有幾塊料子，即便有著玻璃種的質地，賈似道在先前那會兒尋找帝王綠的時候，也沒有去動它們。

在經手了很多翡翠原石之後，賈似道內心裏很期待這一堆能夠給予自己奇怪感覺的翡翠原石。看了看時間，賈似道暗自嘀咕了一句，正好現在有空，要不要把這幾塊翡翠原石都給解剖出來呢？

忽然，賈似道瞥到了同樣是從公盤上得來的，從紀嫣然的手中競標過來的那塊全賭毛料，那一塊表皮的表現，似乎有很大的機率能切出紅翡來。

不說女子對於紅色翡翠的情有獨鍾了，就連賈似道自己，在滿眼的綠色翡翠中，尤其是見多了各種級別和質地的綠色翡翠之後，心裏頗有些期待其他顏色的翡翠料子了。

當然，這些其他顏色的翡翠料子，自然都需要是類似於紅色中的亮紅色翡翠、藍色中的天藍翡翠這種極品料子了。要不然，如果只是那些普通顏色和水頭的翡翠，壓根兒就不用賈似道千方百計地去尋找和切石，隨便去一些大型翡翠店鋪，就基本都能見到了。

想到這裏，賈似道的心頭不由得又對這塊翡翠原石上了些心思，他甚至在暗地裏琢磨著，如果能夠切出質地還不錯的紅翡來，並且顏色也過得去的話，他當即就能決定，要馬上拉到周大叔的廠房那邊去，讓許志國加緊雕刻出幾件紅翡飾品出來。

所謂翡翠，紅色是翡，綠色是翠，而一家翡翠店鋪內的翡翠飾品，只有紅綠相間，才夠得上完美。要不然，又怎麼對得起「翡翠」兩個字呢？

此外，在這塊具備了切出紅色翡翠潛質的原石邊上，還有其他幾塊全賭的翡翠原石，賈似道打量了一眼，都還沒有仔細地去察看過，至少是在回到臨海以後，他就再沒有去察看過了。

賈似道注意了一下，其中最為突出的，自然是和劉宇飛、李詩韻一道的時候，從王老闆的倉庫裏賭回來的那塊醜陋的翡翠原石了。運送到別墅的兩批翡翠原石，不是從翡翠公盤上賭過來的，就是賈似道在揭陽零散地收過來的。

而從陽美地下賭場贏回來的，僅僅留下了三塊珍品翡翠料子，都被賈似道給放到了巨無霸玻璃種帝王綠翡翠的邊上。唯一一塊和四彩翡翠同一個來源的，從「深海古玩店」裏賭回來的小塊翡翠原石，已經被賈似道給切割了出來。

裏面還真的含有翡翠，只不過其質地在冰種裏只能算得上稍差級別的，而顏色上也不像它的「同胞」那樣具備絢麗的四彩同體，僅僅是比較常見的黃綠相間而已。而且黃色和綠色部分的大小區分並不是很協調，顏色的純度上，有點比上不足比下有餘。比起菠菜綠，自然是要好上許多。但是，比起豔綠、陽綠之類的，則遜色了很多。

這樣的翡翠料子，用來做個翡翠擺件，要是放在一般的翡翠店鋪裏，自然算是比較出色的了。但是以賈似道的審美眼光和高要求來衡量的話，反而是切割開來，用來做成小型翡翠掛件更加合適一些。

那些整塊料子通體都是純粹冰種，而且通體都是濃翠顏色的翡翠料子，畢竟是少見的。絕大多數的翡翠料子，哪怕是行家說的冰種黃綠色翡翠，實際上，黃色和綠色的分佈，適不適合雕刻成一個整體擺件暫且不說，光是拿出這麼一塊料子來，也不是全部都能達到用來雕刻的標準的。

因為不但要剔除料子中的雜質部分，還需要根據顏色的分佈以及質地的走勢，來進行設計和雕刻。而拆分開來，把質地、顏色、水頭最好的部分和稍差的部分給區分開，再雕刻成掛件的話，反倒能體現出這塊翡翠料子的最大價值。

像賈似道最初切出來的那塊巨無霸玻璃種帝王綠那樣，整塊全都是通透的質地、純正顏色的翡翠料子，幾乎可以說是翡翠中的極品了，完全是可遇不可求的事情。

也難怪賈似道在接到需要玻璃種帝王綠翡翠來雕刻的訂單時，也會猶豫，要不要從這樣一大塊料子中取出一小塊來。要是翡翠料子的整體質地、顏色、水頭都比較統一的話，自然是料子越大，雕刻出來的飾品價值越高了。

花費了不少的力氣，賈似道才把醜陋的原石和有可能切出紅色翡翠的原石邊上的小塊原石都給搬了開來，清理出一塊兩三個平方米的空地。然後，他推著切割機和角磨機等工具，來到了這兩塊翡翠原石的邊上。

本來，這兩塊翡翠原石的體積都不算很大，有可能出現亮紅色翡翠的這一塊，只有二三十公斤的樣子，而醜陋的這一塊，大小就如同公園裏石桌邊上的石凳一般，賈似道真想要搬動的話，還是可以試一試的。

但是，這兩塊翡翠原石的位置，離賈似道特意騰出來的那片空地，還有些遠，相比起來，還不如直接把周邊的幾塊小翡翠原石給搬開來呢。

賈似道取來一盆清水，先是對著可能切出紅翡的這塊翡翠原石淋上一些，然後再拿來強光手電筒，往裏面探了探。可以清晰地看到，在椒鹽黃的翡翠原石表皮的正上方，隱隱露出了一些紅霧。

儘管事先就知道了這樣的情況，但是，看到這淡淡的紅霧出現的時候，賈似道心裏還是不自覺的就是一喜。右手更是輕輕地撩了一些清水，在翡翠原石表皮上輕輕地搓了搓，似乎是想要把這片淡淡的紅霧區域給搓得更加暈散開來一樣。

至於那塊醜陋的翡翠原石，就無需這麼麻煩了。在沒有把表面那厚厚的一層瀝青狀表皮給切掉之前，哪怕直接把翡翠原石給浸泡在水裏，估計也看不出個所以然來。

賈似道這會兒內心裏，對於亮紅色翡翠的期待，可是要遠遠大於對醜陋原石的期待的。

心裏高興的同時，賈似道手上的動作並沒有慢下來。隨著手電筒的光束的照射，那一絲絲紅霧，逐漸有了一個向原石內部滲透的趨勢，而賈似道用清水在紅霧區域的邊緣淋濕了的地方，倒是沒有如預想中的那樣，有暈散開來的紅霧出現。

一條線！

賈似道抿著嘴，很自然地點了點頭，心裏琢磨著，雖然出現紅色翡翠的範圍可能不會很大，但是，只要縱向上比較深入的話，也總要比出現成片的靠皮紅翡翠來得好吧？

似乎是還有點不放心自己的判斷，賈似道伸出自己的左手，感應了一下翡翠原石內部的翡翠質地：玻璃種！

要不是如此的話，這翡翠原石表皮所出現的紅霧，就具有很大的欺騙性了。

而且，這玻璃種質地部分的翡翠，其範圍顯然還是比較廣的，就整塊翡翠原石才二十來公斤的體積而言，玻璃種質地的這部分翡翠，大概就占了近十公斤左右，這樣的比例，算是挺高的了。要是這麼些玻璃種的翡翠，全都被沁進了亮紅色的話，不用多說，賈似道這一回的賭石，自然是狠狠地賺了一大筆了。

即便不是全部都是亮紅色翡翠，只要賈似道所察看到的紅霧底下，蔓延開來的紅色翡翠部分確實是亮紅色的話，賈似道就可以肯定，自己已經不會虧本了。否則，就只能依靠翡翠原石表皮的其他地方有什麼樣的表現，才能再做判斷了。

說起來，這也是賈似道頭一回賭翡翠的色。而且，還賭得如此乾脆。

當賈似道在翡翠原石的表面，幾乎每一個地方都仔細地看了一遍，整塊翡翠原石的表層石質部分的質地非常細膩，這也從另一個側面說明了，這塊翡翠原石內部的翡翠，有很大的機率是玻璃種、冰種級別的。

只是，有了特殊感知能力在先的賈似道，對於這個表現，臉上顯然沒有露出興奮之色。

他反而把視線重新落回到原石表皮正面部分的那塊紅霧區域，手上也微微猶豫了一下，隨即又像是下了什麼決定一樣，開始在這片區域輕輕地擦拭起來。不管是出於保守的考慮，還是出於想要急切地知道這塊翡翠原石的真實價值的目的，從翡翠原石表皮處表現最好的地方開始擦石，總是沒有錯的。

而隨著賈似道手上的動作，整塊翡翠原石也開始逐漸揭開了它的神秘面紗。擦拭的區域並不大，賈似道的動作也不大，能看到一點點紅色的時候，賈似道就停了下來，他深吸了一口氣，用清水淋了淋擦開的部分。現在擦開的部分，即便不是很鮮亮的紅色，但是，整個表層的紅顏色還是頗為顯眼的，而且暈散的趨勢也較為明顯。

賈似道不由得鬆了一口氣，臉上的笑意也在一瞬間更加濃郁了起來，似乎對於自己在當初賭下這塊翡翠原石時的那份果敢很滿意。

當然，到現在為止，對於眼前這塊翡翠原石，都還沒有蓋棺定論。要是整塊翡翠原石的真實情況，就僅僅是眼前所看到的這些紅色翡翠的話，那麼賈似道無疑是虧本了。

行話有說，「有好翡就無好翠」。在出現了現在這樣的紅色翡翠之後，原石表皮的其他地方又沒有蟒帶、松花等顯著特徵，來預示這塊翡翠原石有高綠出現的情況下，剩下的那些玻璃種部分，不是亮紅色，就只能是不值錢的暗紅色，甚至就是無色了。

賈似道又深呼吸了一下，以便讓自己的心情放鬆一些，隨後，才再度把注意力集中到眼前的這塊翡翠原石上。倒不是說，以賈似道現在的身家，會對這樣一塊翡翠原石的價值如此在意。無非是賭石一行，當一塊翡翠原石要被徹底切開的時候，不管原石本身的價值高低，原石的主人都會有一些賭徒的心理。

正是因為有了這樣的心理，才不斷地刺激和驅使著每一位賭石的人，前仆後繼地撲在賭石的事業上，乃至於沉迷其中不可自拔。

而那些經常切石的人，也似乎會因為親身經歷過，進而萌生出每看到一塊翡翠原石，都想把它們給切出來，和自己的判斷印證一下的想法。

但是，又是在什麼樣的情況下，才能有機會來印證自己的想法呢？只能是花錢儘量可能多地把那些自己看中的頗具賭性的翡翠原石給收到自己的囊中了。

賈似道就聽說過，不少賭石的行家，其實他們並不在意每一次的賭石究竟是輸還是贏，更多的，還是在享受著賭石給他們帶來的那種刺激。

當然了，話要說回來，只有賭漲了，賺錢了，才有維持這一切的基礎。要不然，一個人即便再有家底，也會在賭石上栽跟頭。

但是，不管是百萬千萬富翁也好，還是窮得只剩下幾塊錢來過過切石的癮頭的窮人也罷，不要說親自操刀來切石了，就是站在邊上看著，那份忐忑的心情都是一樣的。

賈似道這會兒，顯然就是這樣的心情！

第二章

血玉手鐲

賈似道湊近一看手中的紅翡。
即便沒有經過拋光，也是那般通透和細膩，
品質絲毫不比玻璃種的帝王綠翡翠來得差。
甚至還可以看到，有一個淡淡的自己的影像，
就像是被鮮紅的血水洗過一般，
散發出一種分外瑰麗和動人心弦的魅惑力。
賈似道腦海中出現傳說中的名詞：血玉手鐲！

如果祈禱有用的話，賈似道肯定會在內心裏祈禱，從眼前這塊翡翠原石裏可以切出炫亮的紅翡來。或許，只有親身經歷了，有了深刻的體驗，賈似道才能真實地體驗到，為什麼在賭石一行中，流行著一些儀式，有許多賭石行家在切一些貴重的翡翠原石之前，都會焚香沐浴，甚至是進行齋戒之後，才開始解石了。

真實感受到自己搬動翡翠原石的時候，一雙手似乎微微地顫抖著，賈似道的嘴角露出一絲苦笑，而當他把翡翠原石放在切割機上擺好位置之後，就從口袋裏抽出一根煙來，點燃，深吸了幾口，頭腦中紛亂的思緒在片刻間有了些許空白，這才狠狠地把煙頭在地面上給摁滅了。

打量了一下切割機的砂輪所對準的位置，賈似道沉吟片刻，最終還是按動了切割機的按鈕，那「滋滋」的刺耳聲響，既熟悉，又與以往有了些許不同。

各種滋味在心頭好一番糾纏，賈似道猛然間聽到切割機的砂輪突然變成了空轉的聲音，當即就回過神來，眼睛自然是向原石的切割處看去。一伸手，把那薄薄紅霧處的一片薄切片給掀了下來。

只見上面砂輪切割的痕跡非常明顯，但是，隱隱的還是透露出了許多紅色陰影。

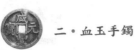

賈似道當即不再猶豫，很快用清水在切面上給淋了一遍，嘴角這才露出了淡淡的微笑，果然是猜測中的亮紅色翡翠。即便這個紅色部分並不是很集中，暫時還顯得有些分散，但是現在這個切面，是賈似道出於小心起見，才特意切得很薄很薄的。

在整個不大的切面上，其中一半的區域大多是鮮亮的紅色，而另外一半，則是暗淡的紅色居多，這已經是個很不錯的結果了。至少賈似道的心裏還是頗為滿意的。

如果整塊翡翠原石內部的翡翠顏色分佈，都和這個切面類似的話，有五公斤左右的玻璃種亮紅色翡翠出現，賈似道就可以偷著樂了。

當然，最終的結果，還是需要賈似道進一步切石，往翡翠原石裏面再切進去一刀，才能有所定論。

到了這個時候，賈似道反而不著急了。他拿來強光手電筒，透過切出來的這麼一個比一般的視窗要稍微大上一些的切面，往翡翠原石的內部看去。可以看到，原先一點點暈散的紅霧，此時都已經成為了紅色翡翠。

因為質地是玻璃種，通透性也還不錯，賈似道完全可以借助強光的照射看得很深。不說這翡翠的水頭很足吧，就是那鮮亮的紅色部分，也是頗為讓人欣喜的。至少，不是那種只有在靠皮部分出現顏色炫亮，給人驚喜，隨後就會逐漸消失，轉而令人失望的「靠皮紅」。

至於那暗紅色部分的翡翠，賈似道倒是沒有過多地去關注。那一部分的翡翠，即便體積相對來說要比鮮亮紅色翡翠這部分大上一些，卻並不妨礙整塊翡翠原石的價值。賈似道甚至都已經想好了，在待會兒切割的時候，他也會以鮮亮紅色翡翠這邊的形態為主，剩下的那些就到時候再看看能切出什麼樣的形態來了。再不濟，雕刻出幾個暗紅色玻璃種翡翠掛件來，也算得上是中等檔次的翡翠飾品了。

拿過來一台小型角磨機，賈似道輕輕地在翡翠原石的表皮，順著翡翠的走勢，一點一點地進行著解剖工作。因為有了翡翠原石的切面，從此處開始，根據翡翠質地的走勢，賈似道的解剖工作進行得還是很順利的，尤其是賈似道腦海裏大致記得這塊原石內部全部翡翠的形狀大小。即便特殊能力感應出來的所有翡翠質地，並不一定全都是亮紅色的，但是那個形狀是不會錯的。只要把翡翠部分整體的形狀保留下來，所有的亮紅色翡翠自然包含在這些翡翠質地之中。

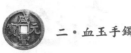

以至於賈似道暗自琢磨著，以自己的特殊感知能力，即便不去參與賭石，專門在家裏擺個幫人切石的生意，應該也能混得風生水起吧？

不過，正當賈似道的思緒稍微開了一點兒小差的時候，眼前這塊翡翠原石突然出現了一抹暗紅色翡翠和鮮紅色翡翠兩種顏色交融的情景。一時間，賈似道不禁有點兒愣然了。

這可不是什麼好兆頭，學過畫畫的人都知道，但凡是不同的色彩，單獨分開來看，自然是清晰無比，也有各自的韻味。就像眼前的鮮亮紅色，就是紅翡中的上乘顏色，而暗紅色雖然基調要稍微濁一些，但因為翡翠的質地是玻璃種，通透性還不錯，自然也算得上是紅翡中的中檔翡翠。但要是這暗紅翡翠和鮮紅色翡翠兩者交融在一起，賈似道很難想像出，那就究竟是什麼樣的一種翡翠顏色。如果只是比較中庸地交融在一起，往好了想，即便能切出比暗紅色翡翠的色彩感稍微好一些的翡翠來，卻也絕對不會超過鮮亮紅色這一部分的品質。

如此一來，整塊翡翠原石的價值，自然也就大打折扣了，這可不是賈似道希望看到的。

而往差了想，那就更加不能確定，暗紅色和亮紅色交融部分的顏色比例了，要是導致中間部分的翡翠色彩連暗紅色部分的品質都不如，那賈似道乾脆去哭死好了。眼睜睜地看著一塊極品翡翠，逐漸淪落為中低檔的殘次品，那份無奈的心情，顯然更不是賈似道期望得到的。

放下手中的角磨機，賈似道歎了一口氣，隨後他走到角落處，遠遠打量了一下整塊翡翠原石。他又點了一根煙，抽了起來。雖然這樣的舉動，對於翡翠原石而言是無濟於事的，但是，似乎站得遠一些來看，可以讓賈似道的腦子更加清醒一些。至少，可以暫時脫離那份對翡翠原石的擔心。

賈似道的手指有節奏地撣著香煙，抖落長長的煙灰，再看煙頭部分，那嫋嫋升起的灰白色煙氣，一點點地升向地下室頂上的白熾燈，又隨意地擴散開來。

賈似道猛吸了一口煙，扔掉煙頭，來到翡翠原石面前，前後左右仔細地看了看，要決定是先把可以看到的亮紅色翡翠部分給單獨切出來，再去處理暗紅色和亮紅色交雜的部分，還是把整塊翡翠原石打磨出來呢？

前者的選擇，自然是很好地保留了現在能看到的紅翡的最大價值。畢竟，亮紅色翡翠部分能夠兌換的價值，已經足以讓人心動了。雖然不能很完整地切割出一副玻璃種亮紅色手鐲來，但是，想要打磨出一隻手鐲來，還是比較容易的。

但要是中間交雜部分的翡翠顏色，與亮紅色翡翠差距不大的話，賈似道這麼過早地把翡翠料子給分割出來，無疑會破壞整塊翡翠料子的價值。

反倒是暗紅色翡翠料子部分，即便稍微破壞一些，賈似道也不會太過心疼。至少，在一開始的時候，賈似道就最大限度地保留了亮紅色翡翠的形狀，犧牲掉暗紅色翡翠那部分的完整性。

而後一個的選擇，是全部打磨出來。要是中間交雜部分的翡翠一直延伸到另外一頭，直接到了翡翠料子的表面，賈似道自然可以再根據那些翡翠顏色的走勢，來進行新一輪的選擇。

但要是和現在看到的這一面一樣，只是透過強光手電筒的探測，就感受到翡翠料子內部的顏色交雜的話，賈似道同樣要面臨著如何切割翡翠料子的決定。

瞥了一眼暗紅色翡翠部分，那顯露出來的料子已經不小了，賈似道狠了狠心，終於做了一個決定。

要是在遇到棘手的原石的時候，不能簡單地取捨的話，或許在以後的切石過程中，會遇到更多的麻煩。與其現在猶豫不決，擔心這擔心那的，從而損壞了可以看得到的亮紅色翡翠這邊的價值，還不如從暗紅色翡翠那邊開刀呢。

畢竟，只有眼前可以看得到的亮紅色翡翠部分，才是整塊翡翠原石最大的價值所在！

賈似道把翡翠原石靠近暗紅色翡翠這一邊的外表皮逐漸解剖掉，露出了更大塊的暗紅色翡翠料子。只是這邊料子的通透性和亮紅色那邊相比，無疑要差許多。賈似道想要把這一端的翡翠給切下來，也需要考慮到翡翠切片的厚薄問題。

切得薄了，保險是保險了，絕對不會觸及兩種顏色交雜那部分的翡翠，要是一次切下來，還看不到內部交融處的翡翠顏色的話，完全可切兩次、三次。但是，同樣的，這麼薄薄的翡翠切片，就一文不值了。

所以在大多數時候，賭石行家們在遇到舉棋不定的情況時，尤其是可以看到品質不錯的翡翠料子，又期待內部有更好的翡翠料子出現，在決定切石的厚度時，往往會選擇稍微厚一些，其厚度大概要比市場上流通的翡翠手鐲略微厚一點。

如此一來，不管翡翠原石內部的那些翡翠質地怎麼樣，至少，切割出來的翡翠切片，不會變得沒有價值。

要是內部的翡翠品質變好了，即便稍微損失一點料子，被切到了暗紅色翡翠料子這塊切片上，也不會損失太大。更何況，還能增加這一片暗紅色翡翠切片的價值呢。這樣做出來的翡翠手鐲，無疑要比一般的暗紅色翡翠手鐲價值更高一些。

要是內部的翡翠品質比暗紅色更差，對於暗紅色翡翠手鐲的價值雖然多少會有一些影響，卻總比把暗紅色翡翠部分全部剔除掉要好得多。

至於第三種情況，這麼一刀下去，要是沒有切到內部兩種顏色交融處的翡翠料子，那就更加簡單了，繼續切第二刀好了。反正，切出來的暗紅色翡翠切片，剛好可以打磨成翡翠手鐲，也不算是貶了這塊料子的價值。

當即，賈似道比劃好翡翠切片的厚薄，選擇好方向，把翡翠原石給搬到了切割機上，開動機器，切割了起來。當然，這時賈似道的心情，雖然沒有剛切第一刀時的那份刺激和忐忑，但是，更多的，還是感覺到內心裏對於這塊翡翠原石的期盼，一山望著一山高的那種期待。

在明確了可以切出亮紅色翡翠之後，賈似道對於中間亮紅色翡翠和暗紅色翡翠交融的這個部分，自然也就寄予了更大的厚望了。要不是這樣，賈似道也沒有必要表現得如此小心翼翼，而猶豫著不敢下手。

一刀下去，賈似道掰開翡翠切片，仔細察看了一下，整塊翡翠切片上，竟然真的就全部都是暗紅色翡翠，雖然上邊還有不少白色部分以及無色部分，但是，總體而言，並不影響這是一塊暗紅色玻璃種翡翠的事實。

玻璃種暗紅色翡翠手鐲！

這應該也算是翡翠店鋪開張之時就能夠上架出售的品種了吧？賈似道心裏嘀咕一句，隨即就把目光投在翡翠原石上，只見剛剛切出來的切面上，表現和切片大致相同。只不過白色翡翠部分已經很淡了，而無色翡翠部分更是逐漸消失了。

這樣的結果，自然是讓賈似道欣喜萬分。他隨手拿過強光手電筒，對著切面部分照了良久，賈似道原本還有些擔心的心情，也隨之一鬆。雖然還看不太真切翡翠原石內部的顏色變化，但是和剛才沒有下刀切割之前察看的情況比起來，已經略微有了一些差別。就是那淡淡的通過暗紅色翡翠透射出來的光線，似乎也明媚了不少。

賈似道的心頭，頓時和察看的翡翠原石一樣，陡然一亮！

再切一刀！賈似道的腦海中忽然湧出這麼一個衝動的想法，並且不可遏止。似乎只要再往內部切上一刀，就足以看清楚那明媚的身影一樣。

當然，即便心頭如何激動，賈似道手上的動作也跟隨著心中的想法行動著。在真正切割之前，賈似道還能很好地控制自己的心態，察看了切片的厚薄程度以及切線的走勢，看會不會因為激動而影響了翡翠切片的厚度，等完全察看清楚之後，他才按下了切割機的開關按鈕。

隨著第二個翡翠切片的切割完成，賈似道伸手去揭開的時候，雙手微微有一絲顫抖。不是擔心，也不是害怕，僅僅是因為內心很激動。而當這一塊暗紅色翡翠切片翻開來的時候，赫然出現在賈似道眼前的，的確已經不再只有暗紅的顏色了。

翡翠切片的兩端部分，還是暗紅色的，甚至還有一些雜質以及一部分無色翡翠，但是，在切片的最中心部分，卻有一圈比巴掌要小一些的、暗紅色和亮紅色翡翠互相咬在一起的區域。兩個顏色的相交比較雜亂，時而明晃晃的，時而又暗淡地暈散開來。

難道僅僅是暗紅色翡翠和亮紅色翡翠簡單地交錯，它們的顏色並沒有產生混和或者改變？

賈似道的心頭，不由得浮現出一絲淡淡的失望。如果事實的確是像看到的這個情況的話，只能說，他原先的期待已經落空了。

賈似道微微搖了搖頭，放下了手中的翡翠切片，轉而去看向翡翠原石的那個切面，情況和翡翠切片上的差不多，賈似道還不死心地用強光手電筒照了照，可以看到，在切面最中心的部分，暗紅色和亮紅色相互「咬」在了一起，看著看著，賈似道都感到自己有點分不清楚究竟是哪一種顏色更多一些了。

朦朧之間，一抹淡淡的純粹紅光一閃而逝。

賈似道猛然間回過神來，當他再度認真地察看這個切面的時候，一切景象又都恢復到剛才的情況。

是錯覺嗎？

賈似道暗自嘀咕一句，轉而認真地用強光手電筒探照起來。整個切面似乎已經切到了亮紅色翡翠那一部分，所以在透光性上要顯得稍微明媚一些，和賈似道先前所看到的那一絲明媚微微有些相似。只不過，就連賈似道自己也不是很確定，究竟是不是因為亮紅色翡翠的存在，而出現了那個短暫的幻覺。

至於眼前的這塊翡翠原石，都已經到了這個地步，賈似道也沒有必要再疑神疑鬼而猶豫不決的，直接順著原先切面的方向再往裏面切一刀，厚度依舊是可以打磨成翡翠手鐲的厚度。

畢竟，任何料子，哪怕是摻雜著不同品質的翡翠料子，其價格比起全部都屬於稍差的暗紅色翡翠而言，還是要更加昂貴一些的。賈似道在小心翼翼地切割之後，掰開第三片翡翠切片，拿到手上察看。此時，他內心的那份激動，經過了一次兩次的失望之後，重新平靜了下來，連帶著看向翡翠切片的眼神，也沒有那麼著急和迫切了。

只要不出現過多雜質，以至於讓這塊翡翠切片的料子徹底淪落為低檔品，賈似道就已經滿足了。可惜，似乎是老天偏偏要和賈似道作對一樣，此時的翡翠切片上，竟赫然出現了一團淡淡的暈散開來的紅色翡翠，顏色相較於亮紅色翡翠和暗紅色翡翠都有很大不同。

這團翡翠，比起前者，顏色要稍微深邃一些，多了幾分沉重；比起後者，顏色則要輕靈和明媚許多。

而這種顏色的翡翠分佈的區域，依舊是在翡翠切面的最中間部分。大概有一個巴掌的大小，從切面這個角度來看，並不是很多。而當賈似道去注意整塊翡翠原石的時候，卻發現似乎這種顏色的翡翠竟然有一整團。又用強光手電筒照了照，可以看得很通透、很徹底。那鮮亮的色彩，讓賈似道為之一振。

要不是切下了三塊翡翠切片的話，整個包含此種顏色翡翠的區域，剛好是一個圓球的形狀，兩隻手握抱在一起那樣的大小。即便現在切下了邊沿的一小部分之後，賈似道也可以看得出來，以這樣的形狀，再打磨出兩副翡翠手鐲出來，還是足夠的。

而因為翡翠料子通體都是這種顏色，賈似道琢磨著，打磨成翡翠手鐲之後，中間挖空的部分，可以打磨出好幾個翡翠戒面來。至於小掛件之類的，賈似道就沒有心思去計較了。他的目光，只是直愣愣地看著眼前這一團紅翡。

賈似道的腦海裏，驀然間閃現了從木造藏中取出來的那一小塊紅翡的樣子。相互比較了一下，他竟然感覺到，眼前的紅色相對來說要更加吸引人，也更加奪人心魄。而且，這樣的紅色翡翠，不管是在現實中還是在網路上，賈似道都還沒有看到過。他下意識的，狠狠地掐了自己的大腿一下，結果，「唉喲」一聲，他情不自禁地咧嘴呼喊了起來。

賈似道面對自己切出來的這塊極品紅翡原石，露出了滿足的笑容。

懷揣著緊張而激動的心情，賈似道把整塊鮮紅的、幾乎可以說是富有靈性的翡翠部分，給全部挖了出來，哪怕因此而稍微損失了一些邊緣的亮紅色翡翠料子，他也在所不惜了。要說玻璃種的亮紅色翡翠屬於高檔翡翠料子的話，那麼，眼前這塊剛出現的翡翠料子，絕對算得上是極品了。

當一整塊的翡翠料子全部被解剖出來之後，剛好可以捧在雙手的掌心之中。賈似道微微一笑，低頭湊近了去看，感受著手中的紅翡。即便沒有經過拋光，也是那般通透和細膩，品質絲毫也不比玻璃種的帝王綠翡翠來得差。甚至，在這塊紅翡上面，還可以看到，有一個淡淡的自己的影像，就像是被鮮紅的血水洗過一般，散發出一種分外瑰麗和動人心弦的魅惑力。

與此同時，賈似道的腦海中，也閃現出一個傳說中的名詞：血玉手鐲！

如果說玻璃種帝王綠翡翠手鐲是翡翠中的「王者」的話，那麼，血玉手鐲就可以稱得上翡翠中的「皇后」了。倒不是說其他顏色，比如藍水翡翠之類的不夠好，夠不上級別，其實，玻璃種藍水翡翠也同樣是極品翡翠。只不過，在中國人的眼中，翡翠的綠和紅，才是一種極致的美麗。

就像日本的楊泉喜歡藍水翡翠，賈似道更加喜歡玻璃種帝王綠一樣。這種文化上的差異，也導致了審美眼光上的差異。

賈似道把剩餘的亮紅色翡翠料子也給全部切割了出來，不但要根據翡翠料子中顏色的走勢來切割，還要根據能不能打磨成翡翠手鐲的大小厚薄來切割。工藝不是很複雜，賈似道也無需考慮每一塊翡翠料子除去打磨成翡翠手鐲之外，還能雕刻出什麼樣的翡翠掛件來。

他只是盡可能地往大塊料子切割。如此一來，即便從中切出手鐲的大小之後，其他邊角料也有了更大的發揮餘地。

當賈似道全部處理完這一塊料子的時候，恍惚中看了看時間，沒想到，僅僅是切割了一塊翡翠原石而已，就已經到清晨了。現在還是夏末，早晨的陽光來得依舊有點早，更何況臨海還是江南的一個小城呢。

賈似道匆匆地洗漱了一下，沖了個熱水澡，倒頭就睡覺。一覺醒來，已經是午後了，吃過一點東西，也湊合著算是一頓中飯，賈似道就抱著昨晚切割出來的那些血玉翡翠、亮紅色翡翠和暗紅色翡翠料子，搭車來到了周大叔的廠房。

賈似道看到許志國正在優哉遊哉地打磨著一塊料子，嘴角叼著一根煙，手上的動作卻絲毫不慢，只是神情看上去挺悠閒罷了。倒是邊上不遠處的周大叔廠房裏的那些工人們，正幹得熱火朝天的。

賈似道微微一笑，就走到許志國身邊，認真地觀察起他的動作來。說起來，對於翡翠料子的加工和打磨，賈似道還是頗為有心想要學習一下的。這不僅僅是想要自己親手雕刻出色的作品，即便是為了自己以後的切石手藝更精進，學習一些簡單的加工技藝，也還是很有必要的。

這會兒，因為廠房內的聲音比較嘈雜，許志國的身邊本來就有不少人在走動著，當賈似道走到他背後的時候，他也毫不在意。他以為是其他的工人從他的身邊走過，手上的動作一點也沒停，該怎麼雕刻就怎麼雕刻，偶爾還會停下手來，歪頭斜腦地對著手中還沒成型的翡翠料子打量上幾眼，與此同時，左手夾住嘴角的煙，深深地吸一口，撣了撣煙灰，陶醉在煙霧繚繞之中。

「小許，看來你的小日子過得還挺悠閒的嘛。」賈似道開口說話了，「我本來還以為，你在這邊待著，至少需要再過一段時間，才能生活得很自在呢，現在倒好，我也就不用為你擔心了。」

「老闆，你來了……」許志國停下手裏的活兒，回頭對賈似道一笑，說道：「今天你來得有點晚了啊，該不是昨晚出去做了什麼風流香豔的事，到了這會兒剛爬起來吧？」許志國的嘴角掛著一絲淡淡的戲笑。

「你小子，還是自己趕緊找一個得了。」賈似道不禁沒好氣地嘀咕了一句，「我可告訴你啊，我們這邊的女孩還是不錯的。要是你自己有本事的話，倒是可以順便解決你的終身大事。」

「老闆，你自己都還沒有搞定呢，我這個員工還是免了吧。」許志國笑著說，「對了，老闆，你這回帶過來什麼料子啊？」看到賈似道身邊的一個灰色包包，沉甸甸的，許志國不用猜也知道，那裏面一定是翡翠料子。之前，凡是賈似道要帶翡翠料子過來，都是用這個包裝的。

之前賈似道所帶的大部分都是玻璃種翡翠料子，無色的，雜質比較少的，這種級別的料子自然是非常多的，賈似道拿出來的翡翠料子中的絕大部分是這樣的。此外，就是菠菜綠、墨綠之類的普通顏色的玻璃種翡翠了，隨便拿出去一件，放在小城市的翡翠店鋪裏，也算得上是價值連城了。甚至連玻璃種陽綠翡翠，賈似道也拿來過一段，被許志國很快就雕刻成了一副手鐲和兩個戒面，還有一件壽星小掛件，真是讓他愛不釋手。

要是現在還在揭陽的「劉記」那邊，像許志國這樣的年輕人，說不定要等個一年半載的，才有機會上手一次玻璃種陽綠這種極品翡翠料子呢。

也正是因為如此，每天都有不同品質的翡翠料子讓許志國來動手雕刻，才讓他感覺到，來到臨海的這些天以來，所度過的日子都是前所未有的充實，自然也就少了那種背井離鄉的長吁短歎了。

為此，每一次賈似道到廠房來，許志國都充滿了期待。

看到許志國那希冀的眼神，賈似道也不藏著掖著，當即打開了灰色的包包，取出了其中的暗紅色玻璃種翡翠料子。

許志國的眼神一下子就炙熱了起來，順手接了過去，嘴裏還嘀咕了一句：「果然還是玻璃種的翡翠，竟然還是紅翡。暗紅色，顏色的純粹度還不錯，通透性也上佳。個頭兒嘛，應該可以切出四隻手鐲來，三個戒面，不，是四個戒面……」

那話裏的意思，自然是說明了這塊翡翠切片能夠雕刻出來的最大價值了。賈似道聽著，也是一陣欣慰，真要說起來，在對料子充分利用的判斷上，賈似道還需要多琢磨一下，甚至左右前後地看了又看，才能判斷是不是適合打磨成鐲子，至於戒面，也只能粗略估計一下。畢竟，戒面這種飾品，個頭兒不大，但是在加工打磨的時候，卻需要取出翡翠料子中質地、顏色、水頭最好的那一小部分，才能雕刻成品。

要不然，要是一個翡翠戒面上出現了白棉、草芯子、黑斑，讓不懂行的人來看，也知道價值不高了。

「咦，這樣的一片翡翠切片，應該還是屬於一塊翡翠原石中的週邊部分吧？」許志國仔細打量了幾眼，忽然問起賈似道來，眼神中自然是充滿了更大的期待，他問道：「老闆，是不是還有亮紅色的翡翠料子？」

他一邊說著，眼神一邊就瞟向了賈似道身邊的灰色包包。那裏面可能收著的翡翠料子，已經讓許志國隱隱地開始激動了。

「呵呵，就知道瞞不過你。」賈似道微微一笑，先取出了兩塊翡翠切片，依舊是暗紅色的。許志國接手過去之後，又細細察看了一番，就眉開眼笑起來。

「果然還有亮紅色翡翠料子啊。」許志國心裏一樂，說道：「老闆，還真有你的。我這幾天見到的極品翡翠料子可真是不少，都快讓我樂不思蜀了。嘿嘿，這回我又能精神百倍地開工了。」

「喂，我說小許，莫非你平時都不是精神百倍的？我可是見你幾乎就是沒日沒夜地工作呢，我都還沒向你要額外的電費呢。」賈似道還沒說話呢，邊上就傳來一個樂呵呵的聲音。

賈似道當即轉頭，招呼了一句：「周大叔好，你也來了啊。」

「瞧你這話說的，這可是我租下來的廠房，難道我還能不來？」周大叔裝出了一絲慍色，隨即才換成笑臉，對賈似道說：「小賈，看小許這麼興奮的模樣，應該是你又帶來了什麼好料子吧？要不然，他可不會這麼激動。連我這個老頭子，大老遠的都能聽見他的聲音。」

「周大叔，您怎麼能說自己老呢？」許志國在邊上說道，「都說男人四十一枝花，在我看來，周大叔，您正是一枝盛開的花啊。」

「得了，別拍我馬屁了。」周富貴哭笑不得地說，「你還是拍一拍小賈的馬屁吧，不然誰給你獎金啊。」

「嘿嘿，那是，那是。」許志國聞言，自然是點頭稱是，隨即還看了賈似道一眼，似乎是在徵求賈似道的意見，要不要他現在就來點阿諛奉承之語呢？

一陣爽朗的笑聲過後，周富貴才接著說道：「對了，小賈，你拿來什麼好料子了？拿出來，讓我也見識見識。難道就是這塊暗紅色的料子？」說話間，許志國已經把手上的翡翠料子遞給了周富貴。

「嗯，暗紅色玻璃種翡翠，很不錯。」周富貴放在手上察看了一番，還掂量了一下，說道：「這個厚薄程度也比較適中，剛好可以打磨出翡翠手鐲來。小賈，這應該是你自己動手切割的吧？」

「是的。」賈似道點頭說道，「不過，周大叔，難道您就沒有從這塊翡翠切片上看出點別的什麼情況來？」要知道，許志國可是一眼就看出，與這暗紅色翡翠相連的，就是亮紅色翡翠料子呢。

「哦，還有其他門道？」周富貴聞言，不由得又仔細察看了一番，還用上了強光手電筒和放大鏡，這才咂吧了幾下嘴巴，說道：「這應該是從原石的邊上切下來的一塊切片吧？」見賈似道點了點頭，周富貴繼續說道：「由此看來，這邊上部分的顏色，應該要比暗紅色更加明亮一些。再看小賈你現在有些得意的樣子，要是我沒猜錯的話，應該還有亮紅色的玻璃種翡翠料子。」

「啪啪啪……」邊上的許志國，在周富貴的話音剛落的時候，就拍起手來，嘴裏說道：「周大叔的眼力果然不弱啊。我也是這麼猜的，我正等著老闆拿亮紅色的翡翠料子出來，讓我開開眼呢。」

「呵呵，在翡翠一行的眼力，我還比不上你們倆啊。」看到許志國剛想說什麼，周富貴伸手阻止了一下，說道：「小許，你就不用再多說了，這點自知之明我還是有的。對了，小賈，亮紅色的玻璃種翡翠可不多見啊，快拿出來，讓大叔我過過眼。」

「亮紅色翡翠……」賈似道的嘴角兀自掛著一絲怪異的笑意，不過他手上的動作可不慢，從包裹取出了幾塊亮紅色翡翠料子，遞給了許志國和周富貴一人一塊，剩下的也放在了地面上。

一共有四塊翡翠料子。許志國手裏的亮紅色翡翠料子是其中最大的一塊，相當於原先的暗紅色翡翠切片的一半大小，周大叔手中的，相對來說是較小的，剛好可以打磨成一件翡翠掛件。至於放在地上的兩塊，其中一塊能切出一隻手鐲來，另外一塊，估計也只能做得出兩個戒面和一兩件翡翠小掛件了。

要是許志國今天雕刻不完的話，等到人下班離開的時候，自然會把這些價值高的翡翠料子連同雕刻好的翡翠成品，都給放到廠房的保險箱裏去。另外，每過兩三天，賈似道和周富貴也會一起把這邊保險箱裏的翡翠成品給運送到「周記」後院的儲藏室裏去。

這也算是賈似道沒有自己的儲藏室之前的權宜之計了。

「真是好東西啊。」周富貴看到亮紅色翡翠，並且親手觸摸到的時候，嘴裏一直就在這樣感歎著，不時地用讚賞的眼神看上賈似道幾眼，還輪換著從地上撿起其他兩塊料子，來回打量著。

「別激動，這還有更好的呢！」賈似道微微一笑，說著就從皮包裏拿出了最後一塊翡翠料子，也就是血色的玻璃種翡翠料子。一時間，許志國竟然有點不敢伸手去接了，眼睛直愣愣地看著血色翡翠，一句話都說不出來。

即便是周富貴，猛然間看到賈似道手中出現顏色如此鮮豔的紅色翡翠料子時，也張大了嘴巴，一時都忘記合上去了。

「小許，你還是看一下，可不可以打磨出幾副血玉手鐲來。」最後，還是賈似道自己無奈地出聲提醒他們。要不然，還真不知道這兩個人會愣神到什麼時候呢。

「哦，是，是，是……」許志國當即接了過去，嘴裏感歎道：「竟然真的是傳說中的血色翡翠啊，真是太漂亮了。周大叔，您看，現在還沒打磨出來，也還沒有進行過拋光處理，就已經如此奪人心魄了。我想，真要經過拋光之後，恐怕沒有任何一個女人能不為它瘋狂吧？」

「真是好東西啊。」除了這句話之外，周富貴已經說不出其他話來了。

古玩人生

第三章

雕功大不易

許志國說道：「老闆，你真要學習雕刻的話，
心急是肯定不行的，還是一步一步慢慢來吧。
這下刀，不管是力度、角度、工具，都有講究的，
不同的翡翠料子也有不同的特點。
好比練字，鋼筆字和毛筆字完全是兩個概念。
只有把一筆一劃都寫好了，
才能組合出一個完整的字來……」

「你們倆啊。」賈似道聞言之後，在邊上神情莞爾地說了一句。不過，賈似道也沒有說什麼打趣的話，畢竟，在剛開始看到這塊血玉翡翠的時候，賈似道的神情，也並不比現在的許志國和周富貴平靜多少。

「老闆，我從揭陽到臨海這邊來，看來是我這輩子做過的最正確決定了。」許志國一邊捧著血玉翡翠料子，一邊說道：「正如周大叔所說，這可是一塊真正的好東西啊。我這幾天來見識過的極品翡翠料子，比我這二十多年來見過的還要多。真是太幸福了！」

「好了，那你就好好幹。我準備在開張的時候，讓自己的翡翠店鋪裏豐富多彩的。」賈似道笑呵呵地說，「而且，這血玉手鐲嘛，倒是可以擺一只在店鋪裏，就當鎮店之寶好了。反正我暫時還不打算賣出去。」

「那是。」周大叔對他的想法肯定了一句，「要是我的店鋪裏有了血玉手鐲的話，說不定就不會像現在這麼冷清了。」

「可是，主要的利潤畢竟不是從血玉手鐲出來的啊。」賈似道苦笑了一下，「所以，我還得勞煩小許，在最近要抓緊時間，多做工作了，儘量多打磨出一些中檔翡翠飾品來。」

「老闆，你就放心吧，我保證，一天二十四小時，不，十八小時全力開工，打磨翡翠成品。」許志國保證道。畢竟，作為一個翡翠雕刻師，許志國心裏肯定很清楚，對臨海這樣的城市而言，一副兩副血玉手鐲這種級別的翡翠飾品，還是能流通出去的。但是，再多一些，肯定也沒有市場。

即便是像周富貴所說的，有了極品鎮店之寶之後，在剛開店那會兒，的確是能增加人氣，但是，客流量大了，在高檔翡翠成品上是形不成多少購買力的，終究還是需要以消費的人群來定位消費的層次。

「不過，老闆，翡翠的色彩可是千變萬化的。黃色的、綠色的、紫色的、紅色的，應有盡有。而且，每一種顏色中，都有著不少層次。」許志國說道，「你要是想在開張的時候，店鋪裏有更多的翡翠色彩，是不是要拿出更多色彩的翡翠料子來呢？」

「你小子，這麼多翡翠料子，還沒把你給累死啊。」

賈似道沒好氣地說，頓了一頓，又搖了搖頭說道：「你以為我不想啊。可是，綠色翡翠我那裏倒是有不少。不管是玻璃種、冰種，還是豆種，應該都能應付得過來。而且，在色彩上，從陽綠、豔綠到菠菜綠，也是沒話說。其他顏色，就有點難度了。」

「呵呵，小賈，其實也不難的。」周富貴指了指那堆放在廠房一角的翡翠原石，說道：「這邊的翡翠原石多切出幾塊來，估計黃色的翡翠料子肯定不會少。而眼前，已經有了亮紅色翡翠、暗紅色翡翠，還有極品血玉翡翠。在紅色方面，也就算是比較豐富的了，至於其他嘛……」

「這個，老闆，昨晚我和周大叔，還有阿三一起，切了兩塊翡翠原石，就在那邊。」說著，許志國指了指廠房的那個堆放翡翠原石的角落，說道：「其中就有一塊是藍色翡翠，只不過，質地不是高品質的玻璃種，也不是冰種，只是冰豆種。顏色上嘛，說起來也還算是不錯的了，就是沁進去的雜質有點多。要是多花一點工夫挖一下，還是能切出不少藍色翡翠手鐲來的。」

「哦，還有藍色翡翠啊。」賈似道心裏一喜。他對於許志國的切石也沒有在意，那天許志國跟他說過不會去擅自切石之後，賈似道就跟周富貴和阿三提過，放在這邊的從平洲賭石市場收過來的翡翠原石，只要他們倆有一個人在，有空閒時間的話，是可以和許志國一起切石的。

「的確是的。那時候，我們已經從馬爺那邊回來了。我琢磨著反正沒事，就跑到這邊來看看。誰知道阿三和小許正在切石，於是我也挑了一塊來切。」周富貴在邊上應了一聲，「本來，切出藍翡翠的時候，我還準備給你掛個電話呢。但是那會兒時間有點晚了，我們就琢磨著，還是今天白天再告訴你。誰知道，早上打了你好幾次電話，你都沒有接……」

「哦，昨天一個晚上我自己也在切石，早上正在補覺呢。」賈似道訕訕一笑，「你們可別這麼看著我，我這不是沒辦法嘛。不然，你們今天怎麼能看得到這麼好的血玉翡翠啊。」

「好小子，真有你的。敢情這塊料子是你昨晚剛切出來的啊，難怪你以前都沒有透露出風聲來呢。要是你以前就切出來的，存到今天才拿出來給我們看的話，我可就要說說你了。」周富貴點了點頭，一邊說著，一邊拍了拍賈似道的肩膀，說道：「不過，小賈啊，以後還是儘量少熬點夜吧，年輕人也還是需要注意一下身體。」

只是，話雖這麼說，周富貴也沒指望賈似道能做到。畢竟，賭石的人，不管是切石還是出門看貨，大多數時候還是以晚上居多。

就連周富貴本人，不是專門玩翡翠原石的，僅僅是搞一點奇石，很多時候，也都是在晚間勞作的。更不用說，有時候雕刻軟玉類作品時，也會連夜加班。似乎對於古玩一行的人而言，沒有什麼白天黑夜的區別。

「這麼一來，藍色翡翠也算是有了。」許志國在邊上接著說道，「至於墨色翡翠，我想，可以用墨綠色的翡翠代替一下。說不定，那邊的翡翠毛料堆裏也能切出一塊墨色的來呢。反而是紫色翡翠，比較難找。」

「紫色？」賈似道的心裏一動，看了一眼那邊翡翠毛料堆裏那塊較大的烏沙皮翡翠原石，又和周富貴對視了一眼。要知道，在周富貴那邊，他還存了一塊春帶彩翡翠料子呢。

需要考慮的就是，這塊春帶彩料子，賈似道可不想用來打磨成翡翠手鐲，那也實在是有點太浪費了。如果不是血玉手鐲的名頭實在是太吸引人了，賈似道都不準備把這塊血玉翡翠雕刻成手鐲呢。

「對，就要紫色的。」許志國說，「現在市場上的紫色翡翠，不管是什麼質地的，都很走俏，尤其是在年輕人這個消費群體中，有很大的市場。所以，一般而言，能切出紫色翡翠的翡翠毛料，價格都會相對虛高一些，也算是為那些做毛料生意的人增加了不少收入。」

「呵呵，這也是沒辦法的事。」周富貴聽了許志國的話之後，緊接著解釋了一句：「翡翠市場和其他市場一樣，有很多類型的料子，各種品質的翡翠參差不齊。主流的翡翠就不說了，主要是其他一些偏門的料子，還是需要靠炒作的。就像豔綠之類的翡翠，自然是不需要什麼宣傳了，但是，像前些年剛剛流行起來的無色翡翠，以及最近幾年紅火起來的紫色翡翠，就是被那些囤貨比較多的商家們故意炒作起來的。真正大頭的利益，還是掌握在他們手裏的啊。」

一番話讓賈似道和許志國聞言之後，也是唏噓不已。

「對了，周大叔，你們的『周記』裏，似乎沒有什麼紫色翡翠飾品哦。」賈似道忽然想起自己以前在「周記」欣賞翡翠飾品的時候，見到的大多數都是綠色翡翠，便好奇地問了一句：「以『周記』的能力，應該不至於搞不到紫色翡翠吧？」

「『周記』？」周富貴樂呵呵一笑，「『周記』裏的翡翠飾品，其實只是我的個人愛好而已，其他的軟玉和奇石類的，就比雞血石稍微多一些。」

「難怪呢。」賈似道點了點頭，畢竟周富貴是喜歡碧玉的，相應的，在翡翠的喜好上，會比較偏重於綠色翡翠，也就是順理成章的事了。尤其是到了周富貴的年紀，想來也會更加偏重於綠色翡翠的厚重，而不會去追捧紫色翡翠的俏麗。當然，要是女性的話，又另當別論了。

「小賈，其實你也沒有必要在心裏老琢磨這紫色翡翠的事情。畢竟你不是靠著去別的翡翠加工廠收購現成翡翠飾品來銷售的，而是靠著自己賭石過來，切開之後，然後雕刻製作成翡翠成品的。這樣一來，店鋪裏的翡翠擺件，在很大程度上，取決於你賭石的成績。」周富貴笑著說道，「雖然在翡翠料子的品種和品質上，不一定很全面，但是，勝在其中的利潤很高啊。」

「就是！」也許是看到賈似道的神情似乎在為了紫色翡翠料子而憂心的模樣，許志國也附和了一句：「老闆，你完全不用喪氣，以你現在擁有的這些翡翠原石而言，要是把它們全部都切割出來，打磨成翡翠成品的話，估計只用一兩年時間，在臨海這樣的城市裏打出名聲來，那是肯定可以的。另外，以現在的料子能製作出來的成品來維持銷售，哪怕現在不再繼續進原料了，應該也能維持上一兩年的。」

「呵呵，難道我就這麼坐著吃老本？」賈似道嘴角露出一絲微笑，「而且，小許，你怎麼知道，我還有多少翡翠料子呢？」

「就是啊。」許志國恍然大悟，一拍自己的大腿，說道：「老闆，我就琢磨著，你肯定不止有這個廠房裏這麼一點翡翠原石。有時候，我真是很懷疑，你是不是真的像你自己所說的，是今年開始才進入賭石一行的。」一邊說，許志國一邊搖頭感歎起來。

賈似道也不去爭辯，隨即很快就轉移了話題，說道：「小許，你說，我要是跟著你學習翡翠擺件的雕刻，怎麼樣？」

「老闆，不會吧？」許志國聞言，頓時心裏一驚，說道：「難道你進入賭石一行還不夠，還準備搶我們這些雕刻工人的飯碗？」

「呵呵，小賈，我倒是覺得你這個想法很不錯。」周富貴在邊上說道，「賭石的人，學習一些雕刻手藝，不用很精通，只要多少掌握一些，還是很有好處的。」

「是啊，我就是想著，要是我自己能會一些簡單的雕刻手藝的話，或許在我以後切石的時候會有很大的幫助。」賈似道淡淡地說道，這也是他表面上想要學習雕刻技藝的最好理由。

至於在心裏，賈似道真正是怎麼想的，也只有他自己知道了。在這一瞬間，賈似道的腦海裏，閃現出許多極品翡翠擺件，有玉簫、玉碗，還有翡翠白菜……

「如果是這樣的話，我倒也有點贊成老闆你學一點雕刻的技術了。」許志國說道，「不過，老闆，我可跟你說好了，跟著我這樣的沒有傳授經驗的人來學習，還是比較難學的。要知道，我以前學習雕刻技藝的時候，可是跟著正規師傅學習的。和我同期學的有不少人，我不敢說最後學成的人裏我是技術最好的，但是，天賦還是很重要的。」

這話裏的意思，自然是「師傅領進門，修行在個人」了。

即便賈似道要跟著許志國學習雕刻技藝，許志國也不能確定，賈似道就一定能夠學得好。當然了，賈似道也不會在乎自己究竟可以學到什麼樣的程度，只要是針對翡翠的紋理來雕刻的，他還是充滿信心的。

於是賈似道就留在廠房這邊，看著許志國雕刻起來。

不過，也許是有賈似道在邊上吧，許志國在選擇雕刻的翡翠料子時，也沒有馬上就開始雕刻珍貴的血玉手鐲，而是選擇了用暗紅色翡翠料子來動手。

在款式上，也是選擇先從翡翠手鐲這麼經典的翡翠飾品款式開始。許志國一邊雕刻著，一邊解說著。沒有雕刻之前要先做到心裏有數，對一塊翡翠料子究竟要怎麼樣充分利用來規劃設計一下，然後才能進行相應的雕刻操作。

許志國似乎真的就像他自己所說的那樣，只會自己操作雕刻，而不擅長傳授技術。好在，許志國在雕工手藝方面還是很擅長的。許志國一邊雕刻一邊解說的過程中，對於賈似道提出來的問題，比如為什麼要先從這邊下刀，為什麼要換一種雕刻工具，都能很好地進行解釋，讓賈似道受益匪淺。

到了最後，許志國乾脆就是只負責專心雕刻，而賈似道在一旁看著許志國的動作，要是賈似道有不明白的，就提出問題，許志國才會進行一些必要的解釋。這麼一來，兩個人遠遠看起來，倒更像是賈似道在求教，而不像是許志國在傳授了。

賈似道從周富貴的廠房裏出來，已經是傍晚了。本來，賈似道還準備把廠房內最大的一塊烏沙翡翠原石給搬回到別墅那邊，晚上切割出來。畢竟，對於這塊翡翠原石，賈似道還是頗為看好的，覺得它應該能切割出難得的紫色翡翠來。只是，當時看到周富貴和許志國充滿期待的神情，賈似道最終還是放棄了。

賈似道不是信不過他們，無非是不想多惹一些猜疑出來罷了。

更何況，在賈似道的別墅裏，現在賈似道需要切割出來的翡翠原石還多著呢。賈似道琢磨著，或許廠房這邊的這塊烏沙翡翠原石，在找到儲藏室之後，搬運過去，再進行解剖，是個很不錯的選擇呢。

賈似道正想到儲藏室呢，老楊就打過來一個電話，說是找到了兩三處地方，看著都覺得挺合適的，讓賈似道抽空去實地察看一下，賈似道自然馬上就搭車趕過去了。

見到老楊的時候，賈似道已經站在老楊口中所說的一處預備儲藏室的房子面前了。眼前這棟房子，底下一樓是五間聯合起來的門面，位置就在馬路邊上，房子高有三層，房子整體看上去還算是比較新的。

這正是賈似道提出的要求，他讓老楊找房子的時候就提醒過，最好找那種兩三層的房子。畢竟，賈似道手頭的流動資金，還需要儘量多用在賭石上。

而在賭石方面，哪怕賈似道手頭已經有不少資金，也沒人會嫌太多了。

眼下這間儲藏室的選擇，又不是開一個公司，需要特別好的門面，只要房子夠結實，交通也還算方便，就算是湊合著能用了。尤其是在安全上，還需要進行一番新的裝修佈置。按賈似道的想法，就是要把整幢房子都給買下來。要不然，還不如去找一些小高層的房子，購一兩套大居室，再進行一番新裝修呢。

接連看了三處，前兩處倒也一般，賈似道唯獨對第三處的房子，感覺眼前一亮。

第三處房子乍一看上去，似乎是一個小型的廠房。在房子前面，有圍牆圍起來的一小塊空地，可以停得下大型貨車。大門口處，掛著一個小木牌子，上面隱約還有幾個黑色的什麼廠房的字樣，字跡已經被雨水沖刷得斑駁不堪了。

尤其讓賈似道感到驚喜的是，進入大門之後，牆角邊上有一排矮矮的灌木，中間的空地自然也是水泥地了，微微有些裂痕。整幢房子看上去不是很新，顯得有點破舊。一樓大約有十五六米長，深度也有八九米，是全部連成一片的，賈似道打量了一下，猜測著裏面的空間格局，應該是原本就作廠房之用的。除了房屋中間的位置，還有幾根寬大的柱子之外，就沒有什麼別的支撐點了。

樓梯在最邊上還有廁所，甚至還有一間小的類似於辦公室的獨立小房間，這也讓賈似道更加肯定了心中的猜測。而二樓的房子，也是全部連在一起的，只有三樓才是一間一間分開來的。

重新回到一樓，賈似道特意打量了一下圍牆，竟然一直延伸到房子的後面，圍成了一圈，有兩米高，上面插滿了碎玻璃。而圍牆和房子後面的視窗之間，還有近兩米寬的空地。

看著看著，賈似道的心裏便有了一番計較。

前兩處房子距離古玩街有點兒遠，這第三處的廠房，地處臨海市的北面區域，都快靠近城市北面的後山了。說起來，位置上還算是在老城區範圍內，但是，離新城區也不算很遠。而且，這裏離賈似道的別墅更近。

又和老楊就關於購置廠房的事項做了一些簡單的交流，賈似道就把買房的事全權委託給了老楊。他看了看時間，已經不早了，就帶著老楊以及他身後跟著打探消息的那些小弟們，去了「新名門」酒店，吃了一頓。算不上大魚大肉，卻也讓眾人吃得比較盡興。最後，賈似道還給每個人分了幾包煙，算是對他們這陣子幫忙的感謝。

第二天，賈似道就找來了阿三，詢問了後山附近那一帶的地價。

阿三先是覺得很好奇，琢磨著問了一句：「小賈，你該不是準備在那邊買房子吧？」說著，還兀自有些不太相信地看了看賈似道，嘀咕了一句：「不應該啊？」

頓時，賈似道就很無語地搖了搖頭，說道：「我說阿三，你嘀咕什麼呢，我不就是這麼一問而已嘛。難道，我就非要有買房的意願之後，才能再來問？」

「不然，你以為誰會閑著沒事幹，專門詢問那邊的地價啊。」阿三同樣做了一個很無語的表情，隨即眼珠一轉，眨巴了幾下眼睛，說道：「小賈，我說，你該不是在那邊相中了合適的儲藏室吧？」

見到賈似道點了點頭，阿三欣然一笑，說道：「好小子，真有你的，還真是個不錯的主意呢。周大叔的廠房在城東，雖然環境什麼的都還不錯，但是，地價太高了不說，距離還非常遠。所以，他也只能用租的。但是，北面後山那一帶，地價相對來說就要低很多，而且，交通也還算方便了。我說，小賈，你怎麼就想到了那裏呢？」

「找人幫忙找的唄，你以為我一開始就設計好了啊？」賈似道沒好氣地嘀咕了一句。

隨後，阿三倒是明白賈似道這一趟找他出來的原因了，當即他就帶著賈似道找到了一家房屋仲介，介紹了那裏的經理給賈似道認識。三個人又一起到了賈似道相中的那個廠房，實地察看了一下，那位中年經理便給了賈似道一個可以接受的市場參考價，倒是比賈似道的心理價位稍微低了一些。

賈似道也沒在意，打電話通知老楊之後，這個儲藏室的選擇就算是完成了。甚至，賈似道也交代了，要是那邊談不下來的話，還可以再去找一處以前看過的房子來交易。畢竟，雖然別的房屋買下來後需要大改造，卻也還是能湊合著用的。更何況，那邊距離古玩街還更加近了呢。

「對了，小賈，你接下來有什麼安排嗎？」阿三看到賈似道打完電話，吩咐完之後，看了看天色，還不到正午時間，便開口問了一句：「聽說，我們那幫去北京的朋友，現在可都回臨海了，要不要聚一聚？」

「他們還有心思回臨海啊？」賈似道摸了摸鼻子，「我還以為他們就這麼待在北京，不回來了呢。」說起來，他的那些狐朋狗友中，絕大多數人都去了北京，有近一個月的時間了。

「嘿嘿，我也以為他們都不回臨海了呢。」阿三打趣了一句，說道：「到時候，要是他們知道小賈你竟然都在古玩街那邊開翡翠店鋪了，你說，他們會是什麼樣的表情呢？」

「嗯，很值得期待！」賈似道一邊點頭，一邊開始了想像，頗有點忍俊不禁的感覺。他看到邊上的阿三，也是一副這樣的表情，便又說：「不過，阿三啊，和他們聚會，我看還是再等一陣時間，等我那邊的儲藏室定下來，裝修完成了再說吧。不然，我還真沒什麼心思出去玩的。」

阿三說道：「那是自然的，我琢磨著，乾脆就等到你的店鋪籌備完成之後，再告訴他們好了。到時候，也好看看他們的驚訝表情。嘿嘿……」

阿三笑著點了點頭，繼續說道：「那接下來呢？我們去切石？前天，我和小許一起切出來一塊藍色翡翠呢。那顏色，真是漂亮極了……對了，小賈，我還沒說你，你可真不夠意思啊，昨天切出了血玉翡翠，竟然都不通知我。幸虧我昨天晚上去了一趟廠房那邊，不然，我可就錯過了。」

「你錯過了？」賈似道有些好笑地說了一句，「就是你想，估計也沒什麼機會錯過了。難道，血玉翡翠雕刻出來之後，你還能看不見？」不過，既然阿三都提到切石了，那麼接下來的時間，賈似道自然是被阿三拉著去了周富貴的廠房那邊。

周富貴本人還是不在，許志國正在專心致志地雕刻著翡翠飾品，而廠房內的其他工人們正幹得熱火朝天的。這樣的場景，賈似道在最近幾天都已經看得非常習慣了。賈似道站在許志國的身後，繼續觀看學習他的雕刻過程。

阿三碰了碰賈似道的手肘，遞過來一個詢問的眼神。

賈似道就把自己想要學習雕刻的意思跟阿三說了一下。結果，阿三自然也很想要跟著學習一下。只不過，翡翠雕刻的要點，講解起來本來就不是一件很有趣的事情，再加上許志國的講解左一搭右一句的，要不是有點功底的話，恐怕還真聽不太明白。於是，阿三沒聽一會兒，就對於在這邊學習翡翠擺件的雕刻完全沒有了興趣，他乾脆自己去挑了一塊翡翠原石，到邊上切石去了。

這學習翡翠雕刻的手藝，哪兒有直接切石來得緊張和刺激？

賈似道不禁對著阿三的背影笑了笑，微微搖了搖頭，轉而眼神繼續跟隨著許志國手上的雕刻動作。昨晚，賈似道就在地下室裏，用一塊普通的翡翠料子，嘗試著自己雕刻了一下。

只不過，他的腦海裏明明能設想好，應該怎麼樣來進行雕刻，但是，手中的刀子下去之後，出來的效果卻和腦海中所想像的完全不一樣，不要說一致了，壓根兒就沒有任何相似的地方。賈似道只能在無奈和鬱悶中放棄了雕刻。

今天，賈似道自然是帶著這個疑問，專門來請教許志國了。

許志國聞言之後，咧嘴一笑，說道：

「老闆，你要是真要學習雕刻的話，心急那是肯定不行的，還是一步一步慢慢來吧。比如，這下刀，不管是力度、角度、工具，都是很有講究的，另外，不同的翡翠料子也有不同的特點。就好比練字一樣，鋼筆字和毛筆字完全是兩個概念。另外，不管是要寫毛筆字也好，鋼筆字也罷，只有把一筆一劃都寫好了，才能組合出一個完整的字來……」

這麼一講，賈似道才明白了一點。

別看許志國在雕刻一隻翡翠手鐲的時候，從大刀闊斧到後面的精雕細琢，轉換得非常自然和流暢。但是，這其中流過多少汗水，經歷了多少失敗，就不是光憑想像就能夠完全揣測和明白的了。

當然了，最為讓賈似道驚訝的是，一直都是以粗糙的講解方式為主的許志國，什麼時候竟然也能來一個確切而恰當的比喻了？

也許是看到了賈似道詫異的神情，許志國用髒了的手撓了撓自己的後腦勺，也不管頭上黏上了多少粉塵，甚至連衣服袖口的髒汗都沒有放在眼裏，訕訕一笑，解釋道：「老闆，你可別這麼看著我，讓我覺得很彆扭。其實，這個比喻，是在我剛學雕刻的時候，我的師傅說給我聽的。」

「哦，這麼說來，你在一開始學藝的時候，也遇到過跟我現在一樣的問題嘍？」賈似道的嘴角翹起一彎好看的弧線。

「那是當然。」許志國也不隱瞞，「我剛開始學習那會兒，也是什麼都不懂，光是看著師傅雕刻。我就琢磨著，雕刻這玩意兒不是挺簡單的嘛，就拿了一塊石頭來試驗，結果，下刀的時候沒有掌握好力度，一下切偏了，差點兒就把自己的手指給削了。」說著，許志國的神情還微微有一些害怕的感覺。

賈似道聞言也是感歎不已。於是，對於一些雕刻的基本功，賈似道也就更加用心學習了。

似乎是為了特意幫助賈似道學習，許志國接下來雕刻的時候，都是在進行著一些最基本的雕琢。

比如，一個翡翠掛件，如果是平時的話，許志國會一雕到底，直到把整塊料子給雕琢得差不多了，顯露了完整的形態，才會接著去雕刻其他翡翠料子。但是，這會兒，許志國卻在同一塊料子上，以不同的刀法，進行著一些粗略大致的雕琢，隨即，又換了另一塊翡翠料子，依舊是大致雕琢。

如此一來，賈似道自然明白，許志國是想要讓他儘量扎實地掌握雕刻的基本功了。

到了下午，暫且不說阿三那邊切石流露出來的興奮，又或者切出了什麼樣的翡翠料子來。賈似道這邊，已經開始在許志國的把關下，用一些質地一般的翡翠料子來練習雕刻。說白了，賈似道就是用來練練手的。

當然，這樣的嘗試，自然不可能進行一番細緻的雕琢了，也不可能和賈似道昨晚所想像的翡翠雕刻那樣，這麼簡簡單單地一刀下去，就能和自己想像中的翡翠料子雕刻出來的形態一樣逼真而動人。而必須是完全觀察琢磨了整塊翡翠料子之後，腦海中出現了什麼樣的翡翠飾品形態，再根據這個形態，一點一點地慢慢打磨出來。

因此，在下刀的時候，千萬不能著急。此外，在初學階段，也不能講究一刀下去，就非要到位不可。

用許志國的話來說，那就是，翡翠的雕刻，還是慢一點為好。下刀的時候，也要有針對性的，小心一些為好。寧可慢一點，打磨得薄一點，也不能一刀下去，就往深了去切。

畢竟，下刀薄了的話，還可以用第二刀、第三刀去彌補，但要是切得深了，對於整塊翡翠料子的破壞而言，無疑是十分可惜的。

「不過，我怎麼覺得，這一刀一刀地去彌補，所雕刻出來的翡翠形態，看著有點彆扭的感覺呢？」賈似道打量了一下自己手中的一件翡翠飾品，哦不，是一塊翡翠料子，說道：「怎麼看怎麼不像啊。」

「呵呵，那是自然的。」許志國一樂，說道：「你見過一個寫書法的人，在同一個字的同一個筆劃上，不斷地描摹，不斷地添補之後，寫出來的字還會很好看嗎？」

賈似道心裏微微一琢磨，嘴就咧開笑起來，說道：「也對。要是功夫到家了，這一刀下去，就能顧及後面的一刀，環環相扣，雕刻的時候順暢了，雕刻出來的成品看起來也就自然得多了。要不然，不管怎樣去修飾，總會有一些不滿意的地方的。」

「那也不儘然。」許志國感歎了一句，「有些時候，快了要比慢的好。但是，有些時候，慢了卻要比快了來得好。」

「難怪，我在看你雕刻的時候，速度就有快有慢的呢。」賈似道點了點頭。

不過，到了這會兒，許志國沒有繼續就什麼地方要快，什麼地方要慢，具體地說開了。恐怕，對於解說而言，許志國也有點力不從心的感覺了。有些感覺，自己心裏能明白，但不見得就能很清晰地表達出來。

莫非這就是，只可意會不可言傳？

賈似道心裏，可是在嘀咕著：要是許志國的師傅現在能在這裏就好了。這樣一來，賈似道每遇到一個疑難問題，對方都能以一個形象的比喻來解說，那麼，這翡翠的雕刻技藝，學習起來也就不會太過無聊了。

古玩人生

第四章

絕世雞油黃翡翠

雞油黃翡翠算得上是黃色翡翠中的極品。
就好比是帝王綠翡翠相對於綠色翡翠，
也好比是血玉相對於紅翡一樣，
都是各自顏色中的絕對精品。
這塊翡翠料子在賈似道心頭的份量，
無疑迅速飆升到了一個很高的高度。

這時阿三跑了過來，突然問了賈似道一句：「小賈，我聽周大叔說，你都已經打通了馬爺的關係了，那麼，改明兒，你是不是也去我二爺爺那邊走一趟？」

「行！」賈似道點了點頭，「說起來，我也好久沒有去看過老爺子了。擇日不如撞日，不如，咱們今天就去？」

「現在？」阿三看了看時間，現在正是傍晚時分，以衛二爺的生活規律而言，這會兒老爺子應該正是閑著的時候：「好，那我就先打個電話，然後，我們收拾一下，就一起過去吧。」說著，阿三就拿出了手機。

賈似道看了看自己現在的模樣，別說手上，就連剛換上的工作服上，都沾滿了厚厚的粉塵，真應該去洗一下了。

兩個人匆匆地在廠房的邊上簡單清洗了一下，隨後，他們去了一趟康建的娛樂城，那裏是有公共浴室的，泡了個澡後，賈似道這才和阿三一起，第二次前往衛二爺家中。

還是同樣的景致，還是那位的老者，賈似道的心頭卻浮現出更多的感觸。一時間，他覺得，似乎和衛二爺這樣的長者就這麼坐著，聊一聊天氣、花草之類的話題，隨意地閒談，也是一種生活的情趣。

待到賈似道回到別墅時，已經是晚上了。

賈似道留在衛二爺的家裏吃了一頓晚飯。飯菜是阿三的姑姑做的，簡單而清淡，就和衛二爺平常的晚餐一樣。不過，賈似道能留下來，更多的還是阿三的功勞，因為衛二爺時常聽阿三提起賈似道，對賈似道有了個不錯的印象。尤其是最近一段時間裏，阿三在古玩上的學習勁頭，可是要比以往的二十來年都要積極。

不管阿三是出於被賈似道的連連「走運」而給刺激到了，還是阿三突然間頓悟，明白了基礎知識的重要性，而開始重新溫習以前的功課了，對於衛二爺而言，這都是一個他很高興看到的變化。

如此一來，賈似道在衛二爺心中的印象，自然也就更加深刻幾分了。賈似道在古玩街上開個翡翠店鋪的事情，也得到了衛二爺的首肯。

賈似道總算是又鬆了一口氣，接下來需要做的，就是阿三幫忙找幾個在古玩街這邊有頭有臉的古玩店的老闆，大家出來小聚一下，讓賈似道和他們先混個臉熟。而且，因為這其中肯定會有周富貴在，倒是讓賈似道放心了不少。

忙活了一整天，賈似道不是很累，又對雕刻有興趣，於是他興致很高地進了地下室，琢磨著許志國所傳授的雕刻知識，自己雕刻了起來。這一認真幹起來，賈似道倒是意外地發現，自己的特殊能力居然也可以作用到雕刻上面，只要左手的精神能力集中，腦海中就能把雕刻的物品放大，那種清晰明瞭、準確度的把握讓他大為興奮。一時間，賈似道雕刻得更加起勁了……

第二天，賈似道就帶著自己一夜的成果，一早就到了周富貴的廠房那邊。

「來，讓你欣賞一下，你剛出師的弟子，也就是本人，昨天辛苦了一個晚上拿出來的成績吧。」對著許志國，賈似道打開了自己的背包，裏面除了一些普通的翡翠料子，是拿過來讓許志國雕刻翡翠掛件用的之外，剩下的就是賈似道很用心思地拿紙巾包裹起來的那件翡翠觀音像了。

整件作品的個頭兒並不大，約有三指粗細，厚度也和手指的厚度差不多。這樣的一件翡翠觀音掛件，要是出現在市場上的話，也算是比較大件的掛件了。市場上大多數的翡翠掛件，用的料子都是從邊角料裏挖出來的，都是以兩指粗細的居多。

許志國一手接了過去，嘴裏樂呵呵地笑著說：「看來，老闆，你可是和我這個員工一樣努力哦……」

不過，說著說著，許志國的聲音卻輕了下來，注意力也似乎一下子就全部被吸引到手中的翡翠掛件上。

「怎麼樣？」賈似道的心裏，頗有點上學時期待老師修改自己的試卷的那份心情了。他既希望得到許志國的肯定，又有點懷疑，自己的作品是不是很差勁。整個心思，那叫一個七上八下啊。

「老闆，這真是你雕刻出來的？」許志國抬頭看了賈似道一眼，有些難以置信，緊跟著解釋道：「老闆，不是我不信任你，而是實在很難讓人相信，這件翡翠觀音的掛件，是你昨晚上雕刻出來的？」

「哦，為什麼這麼說？」賈似道一愣，倒是有點明白過來許志國為何有如此一問了，但是表面上，還是裝著疑惑的樣子，問了一句：「小許，你先老實跟我說，這件東西，雕刻得好不好？」

「好啊。」許志國聞言，還想要拍一下自己的手，表示讚賞。

而賈似道一直懸著的心，才算是放了下來。

許志國琢磨了一下，才接著說道：「一個人的雕刻風格，其實是分兩個方面的。一個就是底蘊，也就是我以前說的，一件翡翠作品的風格和雕刻者本人的修養、審美眼光等等，有很大的關係。說白了，這就是對翡翠雕刻的『軟性』影響了。」

「這『軟性』兩個字，用得好啊。我猜，要是讓揭陽那邊的李老爺子來雕刻的話，他的名氣，應該也是影響一件翡翠作品價格的一個很大因素吧？」賈似道點了點頭說道。他抬眼看了許志國一眼，又問道：「李老爺子，你知道吧？」

「當然知道了。」許志國白了賈似道一眼，「老闆，那可是我們『劉記』雕刻一行的老行家了。」

「哦，我倒是忘記了，小許，你也是『劉記』的人呢。」賈似道心裏一樂，不過，暗自還是有些感懷「劉記」這樣的翡翠商家所具備的底蘊，絕對不是他三兩天就能夠擁有的，也不是一般的商家十幾二十年就能夠超越的。賈似道在翡翠一行裏，要走的路還長著呢。

賈似道轉移了話題，問道：「既然這『軟性』影響都出現了，那麼，『硬性』影響呢？」

「刀工！」許志國很簡單乾脆地說了一句，「只有刀工，才是翡翠雕刻上的硬性指標。」

「如果一個人的刀工，形成了很強烈的個人風格的話，或者簡單一點說，就是他的刀法有了自己的特色，和大家的都有所不同，那麼，這樣的翡翠作品，無疑就具備了很高的市場價值和收藏價值。」許志國信誓旦旦地說著，晃了晃自己手中的翡翠觀音掛件：「就說這件翡翠掛件吧，要是從具體的細節上而言，實在是有點差強人意，可以很明顯地看出來，雕刻者本人對於翡翠雕刻的技藝並不是很熟練。但是，就其刀法而言，卻實在是讓人羨慕得很。至少，我長這麼大，還沒有看到過類似的刀工。對了，老闆，這件東西，該不是真的是你雕刻出來的吧？」

「你說呢？」賈似道很無語，不過，對於先前許志國對這件翡翠掛件的評價，心裏還是頗為得意的。而且，許志國說得也在理。這樣的雕刻方式，真的是少見，就連賈似道這樣的並不是很懂行的翡翠雕刻新手，也能看得出來這件翡翠觀音掛件的特別之處。

暫且不說，賈似道現在手頭的技藝能達到多高的藝術水準吧，就憑藉著這樣的雕刻技法，賈似道無疑已經站在了一個制高點上。

也許是平常看慣了賈似道的大大咧咧，這會兒，突然，看到賈似道一本正經地說話，許志國還頗有些不太習慣，連帶著說話的時候，也有些斷斷續續的感覺：「那個，老闆，這東西，真是你雕刻出來的？不過，也對哦，就翡翠觀音像的表現而言，還真是有點像是老闆你的手藝水準。不過，老闆，你這學得也太快了吧？而且，你是怎麼雕刻出來的？」

賈似道嘿嘿地傻笑，當場就選了另外一塊料子，當著許志國的面，雕刻了一個彌勒佛像掛墜。這一下，真的把一邊的許志國給驚傻了，自己的老闆難道是雕刻的天才？

之後，兩個人又交流了一會兒，就在這時，廠房的門口處走進來好些人。賈似道看了一下腕上的手錶，才發覺已經是工人們上班的時間了。而在這些工人們的後面，還跟著周富貴。

「周大叔，都說來得早不如來得巧。您來得可真是時候啊。」許志國說著，就把賈似道昨晚雕刻的翡翠觀音掛件和現在剛雕刻出來的還沒成型的彌勒佛，都給周富貴遞了過去，隨後，還特意拿出了血玉手鐲，請周大叔看一眼。然後，許志國繼續和賈似道交流，指出賈似道雕刻的過程中，需要更加注意的地方。

周富貴看完了手上的三件東西之後，出乎意料的，沒有最先對血玉手鐲出感歎，而是對賈似道所雕刻的兩件翡翠掛件的毛坯非常欣賞。一時間，倒是讓賈似道聽得有些不好意思了。這可是先前的時候，許志國用詫異的目光愣愣地看著他雕刻的那會兒，都不曾有過的。

誰讓周富貴和賈似道之間的關係，遠要比許志國和賈似道更加親近一些呢？尤其是對於賈似道的一些底細，周富貴也要比許志國更加瞭解。賈似道在賭石上的成就，足已經讓人驚詫了。這會兒，周富貴突然發現，賈似道竟然還有翡翠雕刻上的天賦，那份震撼，簡直是讓人無語。

從廠房那邊出來，回到別墅之後，賈似道的心頭依舊還在琢磨著自己雕刻的事情。

隔行如隔山。賭石與翡翠雕刻，看似相近，卻也有著不少區別。賈似道在和周富貴、許志國商量了一陣子之後，最終還是決定，由許志國去招人，比較有針對性和說服力。

但是，這會兒賈似道突然發現，自己也有了雕刻上的優勢之後，那麼，他心裏難免就會存了想要自己雕刻出幾件翡翠飾品，擺在店鋪裏銷售的打算了。

以賈似道的心態而言，能看著自己親手雕刻出來的東西擺放在店鋪裏出售，那也是一種享受。就像一個暴發戶，生怕別人不知道他已經是一個富翁了一樣。

賈似道之前發現，不管是許志國也好，還是周富貴也罷，竟然都對自己的雕刻技藝比較推崇。如此一來，賈似道倒是不能只是琢磨著雕刻幾件翡翠飾品，擺在自家的翡翠店鋪裏這麼簡單了。

自己以特殊能力為依仗，發揮出特殊的雕刻技藝，是不是可以面向更高層次的客戶呢？

反正賈似道親手雕刻出來的翡翠飾品，在數量上絕對不會很多。想要面向大眾，那也幾乎是不可能的事情。

於是，回到別墅之後，賈似道正準備去地下室裏呢，心頭卻驀然升騰起一個念頭。要是以自己的雕刻技藝，去雕刻王彪介紹的那樁生意——玻璃種帝王綠翡翠觀音掛件，結果又會怎麼樣呢？

一旦有了這麼一個念頭之後，賈似道心中的想法也逐漸清晰起來。原本計畫在小範圍內，向高端客戶提供特別雕刻技藝的打算，也越來越完善。以賈似道想來，先不動聲色地、慢慢地推廣出去，才是最符合他現在這樣的情況的。

就像王彪介紹的那樣重量級的客戶，無疑可以率先得到賈似道親自雕刻的翡翠飾品。與此同時，倒是可以在即將開業的翡翠店鋪裏擺上那麼一件兩件的，不掛牌出售，只要吸引一些有品味的顧客的目光，就足夠了。

潛意識裏，賈似道所不知道的是，隨著賭石的深入，隨著自身資產的迅速增加，隨著眼界越來越寬，自己也變得越來越自信了！

給老楊打了個電話，那邊似乎很熱鬧，賈似道還沒說幾句話呢，電話的那頭，就傳來了有人勸酒的聲音，賈似道苦笑了一下。

「老楊，我是小賈啊。」賈似道不由得大聲說道。

電話裏傳來老楊有些醉醺醺的回答，含糊不清地說著：「小，小賈啊，老哥我，正在這邊喝酒呢。有，有什麼事？哦，對了，你是問那個廠房，對不對？你放心，你老哥我，已經幫你搞定了。就等你，簽合同了……」

「真的？」賈似道打電話，還真就是為了這個事。見自己還沒提起，老楊就自己說了，無疑說明，老楊對這件事還是比較上心的，賈似道心裏倒是頗有幾分感動。說起來，賈似道和老楊的關係，也還算是不錯了。但要說深交，卻也算不得太好。

「當然是真的啦，難道老哥我還能騙你不成？」也許是覺察到了賈似道語氣中的懷疑，老楊連說的話都利索了不少：「我這會兒，可就是和房主喝酒來著。你要是有空的話，就趕緊過來吧，先把合約給簽了。」說到最後，老楊也不管賈似道是不是有事在忙著，順帶著就把幾人喝酒的地址給說了出來。

「好！」賈似道心裏一樂，嘴角流露出一絲笑意。看了看外面的天色，才剛開始有點暗呢，想來也不算太晚。當即，賈似道就出了門，搭車去往老楊說的地址。

一進門，便有服務員迎了上來，賈似道說了包間號碼，便隨著女服務員進到了包間。裏面的氣氛，正如電話裏聽到的那般熱鬧。除去老楊之外，還有好幾個面熟的老楊的小弟，當然，也有兩個生面孔。

老楊一介紹，賈似道就明白過來。其中之一，就是賈似道所看中的廠房的房主，另外一個，自然是老楊的小弟，是房主和老楊之間牽線搭橋的人了。老楊可不是像賈似道想像的那般，通過正規的方式，直接去和廠房主聯繫。老楊先是通過多方打探，掌握了對方的喜好，都有什麼樣的朋友等資訊，才開始了洽談行動。

所謂知己知彼，百戰百勝。也就是有了老楊這般的眼線和人手之後，這件事才能夠進行得如此順利。

用老楊的話來說，那就是手下的那些小弟，要是一點用都沒有的話，那還要小弟做什麼？介紹廠房房主和他邊上的那個中間人的時候，老楊醉醺醺地對著賈似道眨了眨眼，頓時，賈似道心裏就領悟過來。

隨後，賈似道也敬了對方幾杯，然後，仔細看了一下列印出來的合同。

這個時候也有律師在場，還是老楊心比較細，知道在這樣的場合，需要什麼樣的人到場，自然是有了周全的安排。賈似道心裏，不由得又對老楊豎起了大拇指。至於合約上寫著的價格，比賈似道所預料的還要便宜很多。這一點，讓賈似道也很滿意。

雙方在酒桌上隨意談了談，酒喝得差不多了，一切也就水到渠成了。房主和賈似道各自在合同上都簽了名字，按了手印，雙方皆大歡喜。

臨出門的時候，老楊還拉著賈似道說了一句，要是以後有什麼酒桌上的好事，還請多拉他一把。能認識更多的人不說，還有免費的酒菜可以吃喝，對於老楊來說，也算是一種生活的享受了。

賈似道只能苦笑著點了點頭，答應下來。說白了，賈似道心裏也清楚，這會兒，老楊能這麼賣力地幫助賈似道，無非也就是衝著賈似道的身家，還有以賈似道現在的身分能夠認識的人，所以想要拉近和賈似道的關係罷了。

要不然，沒有一點人際關係上的利益，光是一點點錢財的話，即便老楊和賈似道的關係再好，也不會如此賣力的。稍微拖上幾天，對於老楊而言，也是無所謂的。

和老楊分手之後，賈似道就給安裝防盜設備的商家去了個電話，讓他們儘快派人過來進行安裝。此外，賈似道也把自己買下來的廠房照片和相關的資料，提供給他們做參考。畢竟，賈似道是希望把廠房那邊當成儲藏室來用的，還是小心一點為好。

第二天，賈似道便拉著阿三一起去了古玩街，進到自己購買下來的店鋪裏，實地察看了一下，準備著手進行裝修。不過，因為這家店鋪以前就是出售古玩的，所有的陳設倒也比較簡單。而且，幾乎以木質櫃檯為主，四周則是木質壁櫥，上面有著高低不一、長短不同的木板鑲嵌，用來放置不同的古玩。

根據阿三的提議，古玩店鋪還是要設計得前衛一些，與原本古玩街的古典風格不同，才可以吸引目光，畢竟，有了自己的特色，才能讓翡翠店鋪更加吸引客人，更加出名。

不管怎麼說，賈似道既然都打算在古玩街這邊開翡翠店鋪了，就翡翠店鋪的裝修而言，自然是不能採用一般的設計了。即便現在賈似道和阿三在這邊說得頭頭是道，但是，歸根結底，賈似道還是需要找專業的設計師來察看一下店鋪的大致位置和空間，然後，提出一個合理的裝修方案的。

賈似道讓阿三去聯絡設計方面的人，和阿三分開之後，自己則馬不停蹄地去了臨海汽車站，迎接從省城那邊過來的給儲藏室安裝防盜設施的那一批人。好在雙方也算是認識了，賈似道直接把他們給帶到了廠房那邊。賈似道心裏還有些不太放心，提出了一些小的要求。比如，現在的圍牆看上去還有點矮，不太安全等等，也都是需要他們來解決的。

雖然這樣的小地方、小細節，並不在他們設備安裝的範圍之內，但是，有了賈似道的提議之後，整個針對廠房的裝修，才能更好地開展起來。

而對於整體佈局，賈似道倒是在此之前就請教了周富貴，兩個人都認為，在裝修的時候，還是要以三樓為主，把整個三樓打造成和周富貴的「周記」那邊的儲藏室類似的安全地點。二樓呢，稍微裝修一下，用來存放一些普通的翡翠料子、翡翠原石、翡翠飾品等等。而一樓，自然是用來雕刻翡翠飾品的場地了。

到時候，許志國和新招來的翡翠雕刻工人們，都會在一樓工作。而雕刻好了翡翠飾品之後，庫存自然是放在二樓了。畢竟，不是所有雕刻出來的翡翠飾品，都可以直接拿到翡翠店鋪裏去銷售的。翡翠的拋光問題，賈似道暫時還沒有徹底解決。

以許志國的實力，的確可以進行翡翠的拋光，但是，這樣一來，許志國勢必就沒有多少精力來進行翡翠的雕刻了。賈似道琢磨著，應該再找一個技術嫻熟的拋光工人。

而且，尤為重要的是，翡翠飾品的拋光儀器，和雕刻儀器有著很大的不同。這一次許志國從揭陽那邊過來，所帶來的儀器，更多的是用於翡翠雕刻以及切石的工具，用在拋光工藝上，卻顯得有些捉襟見肘了。

誰讓賈似道在揭陽那邊的時候，還沒有做好開翡翠店鋪的打算呢？

即便現在許志國所雕刻出來的翡翠飾品，大部分也都沒有進行最後的拋光工序。說不定，賈似道還得親自跑一趟揭陽那邊，或者讓劉宇飛過來。

而廠房這邊的三樓，作為最重要的儲藏地點，賈似道的打算，就是得裝得類似於銀行的藏金室一樣。連那種原裝的大型圓形門，安全設備裝修公司的人都特意帶了過來。

到時候，一旦裝修完畢，這邊的防護措施，應該要比賈似道的別墅那邊強上許多。

與此同時，阿三在幫賈似道監督古玩店鋪的裝修，許志國在忙著為賈似道趕製翡翠飾品，周富貴大叔在幫著賈似道把翡翠飾品以及一些剛切出來的貴重翡翠料子從市區東邊的廠房搬運到「周記」的儲藏室，老楊則在幫著找幾個能長期在廠房這邊留守的保安人員。

一切都進行得井然有序，這時候，賈似道來到儲藏室，走到一塊醜陋的翡翠原石前面。他很乾脆地先把這塊翡翠原石厚厚的表層給一點點地全部切除掉，而且，用的還是削水果皮的方式，幾乎做到了沒有一絲一毫的遺漏。這樣一來，整塊翡翠原石的個頭兒小了一圈不說，連帶著原先那醜陋的模樣也變化了不少。

要不是賈似道自己親自切石，換成了其他任何一個人來切割的話，恐怕，在擦石的時候，就會無奈地判定，這麼一塊翡翠原石就是一塊廢料吧？要不然，以眼前這麼一塊翡翠原石表皮的厚度表現來看，還能切割出翡翠料子來的話，那麼，這個世界上，恐怕就沒有廢料了。

就連賈似道自己，在看了看切割下來的那些石質表皮的切片，散亂地落在整塊翡翠原石的邊上，心裏也是苦笑不已。下意識地搖了搖頭，賈似道摸了摸鼻子，又開始繼續切割起來。

不要說是現在這些的表皮了，就是整塊翡翠原石的兩頭部分裏，也沒有一點翡翠料子。

到了這個時候，為了小心起見，賈似道放下了手頭所有切石的工具，開始用自己的左手觸摸翡翠原石，然後再集中自己的注意力，讓自己的感知力一點點地滲透進整塊翡翠原石內部。

賈似道的腦海中率先出現的是粗劣的石頭質地，和在揭陽那邊有所不同的是，那會兒，表皮的石頭質地，最大的竟然有小型鵝卵石一半大小，而現在，這邊的石頭質地，就好比是一顆顆豌豆大小的顆粒。漸漸的，開始出現了芝麻大小的顆粒，而顆粒與顆粒之間的縫隙，也越來越小、越來越緊密。

賈似道的心頭不禁一喜，很快的，他就感受到了質地細膩的翡翠料子。就像第一次用特殊感知能力所感受到的那般，彷彿是撫摸到了一個美麗女子的玉手一般。在那之後，則是整團的有成年人的雙手重疊起來一般大小的翡翠，橫臥在整塊翡翠原石之中。賈似道的腦海中，不由自主的就想要多感受一番這種別致的感觸。

拿起邊上的角磨機，賈似道便開始了進一步的解剖。

當整塊翡翠原石中面向賈似道解剖的一面，隱約地露出了一些色彩的端倪時，賈似道的心裏猛的就是一緊。他當即就湊上前去認真察看起來，隱隱地感覺到，是一點黃色的色彩。這讓賈似道的心頭泛起一絲淡淡的失望。

要是只切出普通的黃色翡翠料子來，不管這塊翡翠原石的質地如何讓賈似道欣喜若狂，也沒有多大的價值。尤其是相對於這塊翡翠原石而言，這可是從老坑種的原石裏切出黃翡來，無疑是個讓人失望的結果。

更不要說，從一開始，這塊翡翠原石就被賈似道寄予了很高的希望。

有了些許的猶豫，賈似道停頓了片刻，隨即看了看眼前的這塊翡翠原石，既然都已經切割到這個程度了，哪怕再把整塊翡翠原石藏起來也沒有用了。連賈似道都能看出一些黃色翡翠的痕跡來，想要再度轉手，已經不可能了。

留給賈似道的只有兩條路。其一，是立馬停手，把切割出來的部分，尤其是那些剛一開始切割出來的大塊的翡翠原始表皮的切片，重新給貼回去，把整塊翡翠原石打造成沒有切割時的樣子。如此一來，或許還有出手的機會。不過，一想到這塊翡翠原石沒有切割之前的醜陋模樣，賈似道的心就涼涼的了。

其二，自然是繼續切割下去。不管好壞，總需要把內部的那塊翡翠料子給切割出來。要不然，賈似道也不能在翡翠原石上獲利。

很顯然，賈似道傾向於第二個選擇。

想到就幹！賈似道把解剖的區域，從原石其中的一面，放大到了所有的方位。

頓時，角磨機的「滋滋」聲，在整個地下室裏肆無忌憚地迴響著，當整塊翡翠原石的表皮全部都消失的時候，露出來的淡淡黃色非常顯眼。而就在這些淡黃色翡翠的內部，居然還有著另外一種層次的黃色。

猛一看去，賈似道的腦海裏，竟然找不到形容它的合適的詞語來。

賈似道不慌不忙地從邊上的水盆裏撩了一點清水，在翡翠料子的上面洗了洗，如此一來，那些在切割時沾上的粉塵，自然而然地就去掉了很多，顯露出來的翡翠顏色，就更加清晰起來，周圍的那一層淡淡的黃色愈發透亮了。

內部的那種比淡黃色的顏色更加深入一些的黃色翡翠，在賈似道用肉眼看來，無疑也更加具有吸引力了。緊接著，賈似道就用強光手電筒照了照，那種暖暖的色調，頓時變得更加喜人。

在賈似道的腦海中，飛快地浮現起，兒時老家大人殺雞的時候所取出來的雞油，不就是這種顏色嗎？再看向眼前的這塊翡翠料子，透過強光手電筒的照射，內部的顏色已經足夠清晰了。越看，賈似道就越覺得自己的猜測是正確的。

也許是整塊翡翠料子的外表層還有著淡黃色翡翠的阻隔吧，賈似道的心裏，因為切出了雞油黃翡翠的那份欣喜，在很大程度上，還是很好地壓抑了下去，暫時還沒有落地。

相對於一般顏色的黃翡來說，雞油黃翡翠算得上是黃色翡翠中的極品了。這就好比是帝王綠翡翠相對於綠色翡翠，也好比是血玉相對於紅翡一樣，都是各自顏色中的絕對精品。

如此一來，眼前這塊翡翠料子在賈似道的心頭的份量，無疑在短時間內，就迅速飆升到了一個很高的高度。賈似道雙手捧著這塊翡翠料子的時候，都顯得有些小心翼翼的了。

賈似道很小心的，再度用強光手電筒，對著整塊翡翠料子探照了一遍，大致地瞭解了雞油黃翡翠內部的形狀之後，又很不放心地用上了自己左手的特殊感知能力。直到賈似道通過特殊能力的探測，確定腦海中所出現的那部分原先感覺到分外「黏稠」的質地，其形態大小，就是翡翠料子中的那部分雞油黃翡翠之後，心裏才算是有了一絲了悟。

敢情這種怪異的感覺，還真就是絕世雞油黃的原因啊。

所謂雞油黃，顧名思義，和雞油的那種黃色很相像，自然是其中的一個原因，另外，還形容了它的那種「黏稠」性。說白了，就是需要「油」的特性，如果是翡翠質地中的玻璃種的話，其絕佳的通透性，無疑會在很大程度上破壞了這種「黏稠」的性質。就好比是純粹的玻璃種的雞油黃，要是微微用強光手電筒來探照的話，馬上就可以和真正的雞油區分出來。

這也是賈似道在剛才猛一看到這種黃色的時候，竟然在短時間內，沒有意識到自己切出了雞油黃翡翠的原因。實在是那種逼真的形態，那汨汨的黃色翡翠，就像是流動的液體一樣，讓賈似道把眼前所看到的景象，和印象中的那種雞油黃翡翠區別了開來。

不過，當賈似道的腦海中的感覺跳出了翡翠的質地，看著眼前如此相似的景象，腦海裏自然而然地就重新回到了「雞油黃」這個名詞。

這樣的結果，對於賈似道來說，還是非常樂於接受的。

此時，賈似道的目光緊緊地盯著手裏的雞油黃翡翠，眼睛一眨不眨的，而手上的解剖動作絲毫不慢。似乎是生怕一個眨眼，一個速度減慢，這塊雞油黃翡翠就會消失了一樣。

那份熱切，那份執著，估計也就只有切過石的人，切出過極品翡翠的人，才能夠切身地感受到了。

待到把周圍包裹著的一層淡黃色翡翠，分割成大大小小不等的七八份之後，中間裸露出來的雞油黃翡翠，形態上有點扁平，高度約莫在一釐米到兩釐米之間，還算是比較平均。而寬度則有六到七釐米，中間位置最寬，兩邊略微有一個弧度。倒是在長度上，稍微長一些，最長的部分，賈似道估測了一下，大致有十四釐米，幾乎是最寬部分的兩倍了。

如此形狀的翡翠料子，用來製作成手鐲的話，賈似道略微地打量了一下，感覺還是有些浪費了。一來，寬度上的限制，使得整只翡翠手鐲，本身就不可能打磨得太大，除非是給小孩子或者是女孩子的專用手鐲，還有一些可行性之外，其他人恐怕是很難佩戴了。

另外，就是打磨出一隻翡翠手鐲之後，剩餘部分的邊角料，也會在很大程度上變得有些浪費，還不如直接把這麼一塊翡翠料子完整地雕刻成一個翡翠擺件呢。

賈似道的心裏不由得微微一動。要是把這樣的雞油黃翡翠料子給雕刻出來，別的不說，就光是自己欣賞的話，豈不是說，賈似道自己的藏品中又多了一件翡翠珍品？

這對於一個收藏者而言，無疑是有著很大誘惑的。

哪怕就是收藏其他比較常見的極品綠色翡翠擺件，三件五件的，在稀有的程度上，應該也是比不上一件雞油黃翡翠的。雖然在價值上來說，雞油黃翡翠相比起翡翠中的霸主——帝王綠翡翠而言，還有著不小的差距。但是，賈似道不缺錢，至少在目前，他不太缺錢。

不管是盤下古玩街那邊的店鋪，還是買下後山那邊的廠房，甚至安裝那些安全設備的費用，在賈似道有那接近一億的資金為後盾的情況下，絲毫都沒有感覺到資金緊張。

尤為讓賈似道放心的是，最近一個時期，許志國雕刻和打磨出來的翡翠飾品，要是能夠儘快出手的話，那麼，從揭陽那邊回到臨海之後，所有的花銷應該也差不多就能夠持平了。這還不算許志國打磨來的那只血玉手鐲呢！

有時候連賈似道自己都有點咋舌，翡翠一行的利潤，尤其是從賭石到雕刻，再到銷售一條龍操作之後的利潤，竟然是如此豐厚！

第五章

廢料出珍寶

賈似道一眼看出，那怪異的外形，
絕對是翡翠原石中的廢料。
只是，這廢料中間，切開的完整切面上，
卻鑲嵌著一小團濃翠的翡翠料子，
正是阿三所說的玻璃種帝王綠。
一時間，賈似道的心頭也是頗為震撼。

賈似道這邊剛切出了雞油黃翡翠，放在手上都還沒有捂熱，正準備好好規劃一下，究竟是該打磨成什麼樣的翡翠擺件呢，就接到了許志國的電話。

「小許……」賈似道這邊的話還沒說出口呢，手機的話筒裏，就傳來了許志國大大咧咧的聲音。

「老闆，你現在有時間嗎？快點來一趟廠房這邊吧。」聲音中，竟然帶有幾分欣喜，卻也隱隱有幾許懊惱。這讓賈似道的心頭，不由得泛起了一絲好奇。

賈似道很直白地問了一句：「小許，有什麼事情啊？」

「哦，出大事了。」許志國先是駭人聽聞地說了一句，隨後似乎是感覺到自己說話的語氣有些不太妥當，當即又接著解釋道：「暫時還說不上是好事還是壞事。不過，總的來說，還的確是一件好事。」

「什麼意思？」這好事壞事的堆到一起說出來，一時間讓賈似道聽著有些迷糊了。

「老闆，你要是有空的話，還是過來一趟吧。這電話裏也說不太清楚。」許志國說道，「周大叔和阿三都在這邊呢。他們都建議，你馬上過來一下。」

「哦，那成。我馬上就過去。」賈似道答應下來，掛了電話，眉頭卻微微一皺。周大叔在廠房那邊很正常，可是，阿三怎麼在這個時候，也會在那邊呢？還是說，真的發生了什麼大事情？

賈似道也不耽擱，很快地走出地下室裏，簡單地清洗了一下，整理了一下自己的衣服，隨後，就準備去往周富貴的廠房那邊。不過，臨出門的時候，賈似道心頭一動，最終還是回到地下室裏，把剛切出來的淡黃色玻璃種翡翠以及雞油黃翡翠給帶上了。

等到賈似道到了廠房的時候，才過了二三十分鐘而已。阿三老遠就看到了賈似道走進廠房的大門，周富貴大叔和許志國也向賈似道打了聲招呼。賈似道先是對阿三問了一句：「我說，你怎麼也跑到這邊來了？」

「我怎麼就不能到這邊來了？」阿三給了賈似道一個白眼，隨即就怪異地笑了幾聲，說道：「不過，話又說回來了，要是我今天不過來的話，豈不是錯過了目睹一次『撿漏』的機會？」

「撿漏？」賈似道心頭一動，再看向周富貴和許志國此時所站的地方，是在翡翠原石堆的面前，心裏便稍微有了底，問道：「該不是你們切出了什麼極品料子了吧？」

「切出了極品翡翠料子，倒是真的。」阿三說，「不過，可不是我們三個人一起切出來的，而是小許一個人的功勞。而且，切出來的還是玻璃種的帝王綠呢。只是……你還是自己親自看一看吧。」

「只是什麼？」阿三一說出「玻璃種帝王綠」這個詞來，賈似道的欣喜心情，就頗有一種「眾裏尋他千百度，驀然回首，那人卻在，燈火闌珊處」的感覺。

「該不是切石的時候，把帝王綠翡翠料子給切壞了吧？」賈似道小聲嘀咕一句。見到阿三的神情在一瞬間就微微有了幾分變化，賈似道也不好再多問，直接走到許志國和周富貴所站的地方。

兩個人距離一大堆屬於賈似道的翡翠原石堆放的地點，還有幾米左右。許志國和周富貴面對著的翡翠原石，賈似道一眼就看得出來，那怪異的外形，絕對算得上翡翠原石中的廢料了。

只是，就在這廢料的中間，那切開的一個完整切面上，卻鑲嵌著一小團濃翠的翡翠料子，正是阿三所說的玻璃種帝王綠。

一時間，賈似道的心頭也是頗為震撼。

「周大叔，這是？」賈似道看了看眼前的翡翠原石，在正中間的部分，被切了一刀，恰好分成了兩個幾乎一般大小的兩半！而在各自的切面上，顯然都有著不小的玻璃種帝王綠翡翠。

「小賈，你也看到了。」周富貴指了指眼前的兩個半塊的翡翠原石，「本來，這就是一塊廢料了，不過，剛才我和阿三一起過來的時候，覺得這邊的翡翠廢料堆得也有點多了，於是就琢磨著，是不是一起把這些廢料給消滅掉一些。」

「是啊。」許志國接口說道，「剛好我也閑了下來了，自然是過來幫忙了。結果，就切出了這麼一塊翡翠料子來。」

「這很好啊。」賈似道心裏琢磨著，能從廢料堆裏切出玻璃種帝王綠翡翠，豈不是一件很開心的事情，怎麼周富貴和許志國的臉色，看起來似乎都不太樂觀呢？連帶著阿三的神情也不是很高興。

「這……」許志國看了賈似道一眼，話卻沒有再說出口。

賈似道打量了三個人一眼，又看了看眼前的玻璃種帝王綠翡翠料子，從兩個切面來看，並不是很均勻，顯然一邊的料子大一些，一邊的料子小一些。大一點的這半塊翡翠料子，約莫有手掌一般寬大，只是在厚度上，完全不需要強光手電筒的照射，就可以看得出來，大致上也就是手掌的厚度。

反倒是另外半塊小一些的翡翠料子上，厚度要來得稍微厚實一些。當然，那也僅僅是最中心部分的一小處地方，整個手掌寬大的玻璃種帝王綠翡翠料子，在邊緣部分的翡翠料子很快就薄了下去，幾乎很難做成一件翡翠飾品。只有那中間小小的比較厚實部分的料子，才能做出一兩件小的翡翠掛件來。

要是這樣的兩個半塊翡翠料子合在一起，那麼在接下來雕刻的時候，其選擇性無疑就會大了許多。由此可見，在切石的時候，一點點的偏差，對於翡翠原石的價值的影響有多大了。

不過，一想到這裏，賈似道倒是有些明白過來，許志國三人的臉上為什麼沒有多少欣喜的神采了。敢情就是因為切石的時候，把整塊的翡翠料子給對半切了啊。

畢竟，不管怎麼說，這些翡翠原石，即便成為了廢料，也還是屬於賈似道的。

尤其是賈似道在事先，就因為擔心許志國幾人會在切石的時候不小心，或者因為自身眼力的問題，又或者因為翡翠原石的表現內外不一致，而特意提醒過，要是遇到有什麼不太有把握的石頭，就留下來等他自己來切石。

這麼一來，哪怕這會兒許志國從廢料堆裏切出了玻璃種帝王綠翡翠來，因為破壞了翡翠料子的整體性，自然也就算不得什麼高興的事情了。以至於剛才包括阿三在內，三個人見到賈似道的時候，說話的語氣也是頗有點吞吞吐吐的。

要知道，玻璃種帝王綠翡翠料子，即便是只有一點點切碎了，也是損失了不得了的價值。這可不同於一般的翡翠料子，好比豆種菠菜綠的翡翠料子，哪怕就是切碎了，許志國都用不著向賈似道彙報，只要直接切開來，打磨成翡翠飾品就可以了。

「小賈……」周富貴看到幾人之間的氣氛有些尷尬，便準備調節一下氣氛，卻見到賈似道伸手阻止了一下，當即就不再說話了。

賈似道也沒有責怪的意思，笑著說道：「大家這是怎麼了？切出玻璃種帝王綠這樣的極品翡翠來，應該是一件高興的事情啊？反正，這也是從廢料堆裏切出來的，不管怎麼說，都算是撿了個漏了。」

「老闆，那個，我把這麼一塊好好的翡翠料子給切成兩半了，難道，你就一點都不責怪嗎？」許志國還是有點擔心的。

「呵呵，有什麼好責怪的。」賈似道頗有些莞爾地看了許志國一眼，「即便是我自己過來切石，估計也就是這麼一個結果了。大凡是遇到切割廢料的，誰不都是從中間一刀切下去的啊？」

說話間，賈似道還特意蹲下身子，察看起這兩個半塊的翡翠原石外表皮表現來，越看就越是有些不太明白。要是純粹按照外表皮的表現來看，這塊翡翠原石，還真就是普通得不能再普通了。

除非賈似道自己事先用特殊能力感知一下，要不然，即便是由他來切，也還真是從中間來上這麼一刀。

不過，要是事情可以後悔的話，賈似道自然也希望能切出整塊玻璃種帝王翡翠料子來了。對於翡翠料子而言，又有誰會捨大取小呢？

當然，當賈似道的目光再一次落在那稍微大一些的半塊翡翠原石上時，看著那濃翠的綠色，心裏還是頗有鬆了一口氣的感覺的。這樣的形狀，剛好可以用來雕刻成王彪介紹的那個客戶的觀音掛件。

因此，賈似道抬起頭，對許志國說：「小許，這邊的半塊翡翠料子，等下我就要拿走了，至於剩下的小半塊，就交給你來處理吧。既然要開業的話，弄出一件像樣的玻璃種帝王綠翡翠掛件來，也是很長面子的事情嘛。」

「小賈，你是說，要把這邊的翡翠料子，全部雕刻成一個掛件？」周富貴此時也蹲下身來，再次看了看翡翠料子。雖然，事先他已經很認真地察看過了，但是，對於極品翡翠料子而言，在雕刻之前，無論察看多少次，都是應該的：「我琢磨著，這樣的料子，應該能做成兩個掛件出來吧。」

許志國聽到賈似道的話之後，感覺到賈似道並沒有因為自己的一刀而產生什麼不好的想法，心裏也鬆了一口氣說道：「周大叔，我倒是覺得老闆的打算更加合適一些。」

許志國隨即聽到兩個人說起雕刻方面的問題，說話的底氣也更足了幾分，他說道：「如果非要做成兩個掛件來，也不是不可以，但是以掛件的形狀來說也好，個頭兒上來說也罷，都不會太過完美。說不定，還會浪費一些邊緣的料子呢。而要是只雕刻一件飾品的話，好好設計一番，卻還有機會把周邊的這些超薄的地方都給利用上了。」

「哦？」賈似道聞言，嘴角露出了一絲微笑，說道：「莫非，小許，你這會兒就已經想好了雕刻成什麼形狀的掛件？」

「什麼樣的形狀，我倒是沒有想好，只不過心中大致有了一個想法而已。」

許志國淡淡地說，臉上洋溢著幾分自信，他伸手在翡翠原石的切面上指了指，接著說道：「老闆，你看，這邊緣處薄薄的地方，要是雕刻好的話，其實不用全部除掉，用來打磨成佛像背後的那層光環，甚至可以再打磨得更加圓潤一些，這樣一來，看上去，就會讓整個翡翠掛件顯得更加大氣。」

賈似道和周富貴聞言，看著眼前的翡翠切面，在腦海中微微想像了一下，心裏便有些了然了，這還真是個好想法呢。賈似道的眼神，也不由得一亮。

而此時，邊上的阿三，聽後之後也點著頭，說了一句：「這麼一來，這小半塊的玻璃種帝王綠翡翠料子，可絲毫不見得就會比這邊的大半塊要差啊。對了，小賈，你這邊的半塊料子，準備拿去做什麼啊？」

許志國雖然心裏也有此疑問，但是，因為和賈似道是雇主與雇員的關係，礙於這關係，一時間卻也不好問出來。好在，阿三和賈似道的關係更加隨意一些，這會兒，看到許志國切開了玻璃種帝王綠翡翠料子的事情有了定論之後，便把話題扯了開來。

賈似道的嘴角，露出了微微的笑意，攤了攤雙手，說道：「我還能幹什麼啊，就是用來雕刻翡翠掛件唄。」似乎是注意到阿三那不太相信的神情，賈似道接著問了一句：「怎麼，不信啊？」

「不信！」其實，不用阿三說出來，那潛在的意思，賈似道也看得明白。

「不信拉倒！」賈似道倒是大大咧咧的，轉而對許志國說道：「小許，你應該知道我的雕刻功底吧？怎麼樣？我能出師了不？」

「老闆，您這說的是哪裏話啊。」許志國推脫了一句，說道：「老闆，您的雕刻手藝，恐怕都已經是青出於藍而勝於藍了。」

「不是吧？」阿三詫異地看了賈似道一眼，臉上還有些不太相信的神情。不過，此時見到賈似道那自信的神情，也沒有過多地懷疑了。阿三看向周富貴，見到周富貴此時竟然也是嘴角噙著笑意，一時間，阿三的心頭更是浮起了幾分疑惑。

「好了，阿三，你也別懷疑了。小賈的雕刻工夫，還真的是挺不錯的。」周富貴在邊上解釋了一句，「不然，你以為小賈會拿一塊玻璃種帝王綠的翡翠料子去試手？」

「說得也對。」阿三略微一琢磨，還真是這麼個道理。

對此，賈似道也只能苦笑了，不知道怎麼說了。不過，一想到自己從學習雕刻技藝開始，到現在為止，也不過才幾天時間而已，能有現在這樣的手藝，已經是很不錯的了。更逞論，還需要讓別人去相信呢？

等賈似道回到別墅的時候，已經是吃過晚飯的時間了。

這期間，賈似道和許志國、阿三一起，也嘗試著切了幾塊翡翠原石，甚至還切開了幾塊廢料。只不過，運氣都沒有許志國切出玻璃種帝王綠翡翠這麼好。最後，大夥兒一努力，把兩個半塊的含有帝王綠玻璃種翡翠的原石剩下的所有石質部分，都給徹底切除了。再把兩塊翡翠料子給擺在一起一看，賈似道真不得不佩服，許志國那漫不經心的一刀，實在是切得太妙了。

且不說切出了玻璃種帝王綠的翡翠料子分出來的兩個半塊，其中之一，也就是許志國要進行雕刻的那一部分，經過許志國的設計和解說之後，賈似道明白，那雕刻的效果，應該是有點類似於千手觀音的形態，而且後邊多了一層大大的光環。

而被賈似道帶回到別墅的一半，卻也是正好能夠讓賈似道來完成王彪所介紹的那一樁生意。其形狀、厚薄、大小，幾乎就像設計好了一樣。

真是巧奪天工的一刀！

到了最後，連賈似道自己都不得不感歎，彷彿是冥冥之中有著天意一樣，讓賈似道獲得了這麼一塊玻璃種帝王綠翡翠料子的同時，也讓賈似道內心裏更加堅定了自己最初的想法。那就是，像巨型玻璃種帝王綠這樣大塊的翡翠料子，實在是不應該存了要把它給切開來的念頭。要是有機會的話，賈似道琢磨著，倒是可以把它給弄到揭陽那邊去，請李老爺子雕刻成一個整體的翡翠擺件為好。

不管怎麼說，這樣的一件翡翠作品，如此極品的翡翠料子，由李老爺子這樣有名的雕工製作，不管翡翠雕刻出來之後的形狀如何，有什麼樣的寓意，都已經是國寶級的珍品了。

賈似道略微一琢磨，就給劉宇飛打了個電話，希望他能幫忙找一個翡翠飾品的拋光技術工人過來，另外，自然還需要一套完整的翡翠拋光工具了。要不然，賈似道現在這邊所擁有的機器，還是以切石和雕刻為主的。

對於翡翠一行，越是接觸得多了，賈似道也就越發明白專業儀器的重要性。

但是，拋光師傅就不同了。要是賈似道沒辦法請到一個好的拋光師傅的話，所有的翡翠飾品雕刻出來之後，先要全部運到揭陽去拋光，轉而再度運回到臨海來銷售，很麻煩不說，期間往返的運費，對於賈似道而言，也是一筆不小的開支。

一次兩次的話，賈似道倒是覺得無所謂。但賈似道既然都已經決定開翡翠店鋪了，而且還是準備採用自己賭石、自己雕刻、自己銷售這樣的經營方式，要是沒有自己的拋光師傅，實在是有些說不過去。

這麼一來，賈似道的心裏，倒是想起了許志國曾經說過的話來。

掛掉電話之後，賈似道的嘴角還是沒有絲毫笑意，臉色也微微有些清冷。他看了看邊上茶几上放著的玻璃種帝王綠翡翠料子，心裏才算稍微有了幾絲興奮的感覺。

既然王彪那邊催得有點兒緊，不如今晚就開始雕刻？賈似道的心頭驀然間升起這樣的想法，當即就拍了一下自己的大腿，決定就這麼幹了。

賈似道轉頭看了看時間，說不上很晚，卻也不早了。儘管已經是夏末，窗外的天色還沒有完全黯淡下來，卻也沒有了多少溫熱的感覺，倒是多了幾分清涼。

而正當賈似道準備去地下室的時候，很少有人按響的門鈴卻響了起來。賈似道的臉上帶了一點疑惑的神情，走到門口，從門上的監視系統往外一看，眉頭更加皺到了一起，心裏嘀咕了一句：怎麼會是她呢？

原本，賈似道還以為是社區的保安人員前來敲門。畢竟，從賈似道入住到這間別墅裏之後，幾乎就沒有通知過什麼人，也就是揭陽的劉宇飛來過這裏。而阿三、周富貴這些最近結交的朋友，都並不知曉。甚至，就連賈似道的父母，都還不知道賈似道已經購買別墅了。

所以，更多的時候，能來賈似道別墅裏的，也就是社區的保安，或者是物業的保潔人員了。還有，就是曾經走進過這間別墅的一個女子：周莎。

當然，賈似道對於周莎的印象還是比較深刻的。

不說人家本身就是個美麗女子，就光是對方誤以為賈似道是個富貴公子，穿著浴袍故意前來搭訕，就足以讓賈似道記憶深刻了。更不要說，在第二天，賈似道就從電視節目上，看到了類似於周莎這樣的女子，在藍山社區附近被人打劫的新聞。如此一來，賈似道對於周莎的印象，無疑也就更加深刻。

事後，賈似道還曾就這件事情，通過網路和報紙仔細地瞭解過。像周莎這樣的女子，在藍山社區這邊並不少見。不說姿色基本都有周莎這樣的水準吧，其他女子也都還過得去。

要是這個時候，周莎本人或者這一類的女子，上門按響了門鈴的話，賈似道的心裏也不會覺得太過奇怪。

可是，當賈似道從監視系統往外面看去的時候，發現前來的女子，竟然是自己所熟悉的紀嫣然，心裏的那份震撼也就可想而知了。

莫非紀嫣然和周莎這樣的女子，還有著某種不尋常的聯繫？賈似道的心頭，這時不無惡意地遐想著。

微微一猶豫，賈似道還是打開了別墅的大門，看到紀嫣然那絲毫也沒有驚訝的神情，賈似道不知怎麼的，下意識地就問出了一句：「你怎麼來了？」

不過，很快的，賈似道就知道自己有些失態了，尤其是紀嫣然臉上那淡然的笑容，似乎是在回應著賈似道的詢問一樣，讓賈似道看向對方的眼神都不由得有些閃躲。好在，紀嫣然抿嘴一笑，讓賈似道見識了她從未顯露過的甜美之後，就問道：「怎麼，不歡迎我進去坐坐？」

賈似道自然是訕訕的，把紀嫣然給讓了進來。

見到紀嫣然很自然地就換上拖鞋，又很自然地走到客廳裏的沙發邊上坐下，打量著客廳裏的佈置，嘴上噙著淡淡的笑容，偶爾還會看上賈似道幾眼，賈似道的心頭驀然間就想起了周莎來拜訪時的場景。

不管怎麼說，除去那些保潔人員之外，紀嫣然也算是第二個進入這間別墅的女子了。

「是不是很好奇，我怎麼會知道你住在這裏？」賈似道還沒有開口呢，紀嫣然見到賈似道的神情略微有所動，當即就自己解釋了一句：「因為，我也住在這裏。」

「哦。」賈似道漫不經心地應了一句。對於紀嫣然住在藍山社區，賈似道倒也並不奇怪，現在紀嫣然說出來，他也沒有追問。不過，紀嫣然住在藍山社區，和她能知道賈似道也住在這裏，又有著什麼必然的聯繫呢？

「看來，你應該是事先就知道我住在這邊了吧？」紀嫣然看著賈似道的神情，繼續不著邊際地說了開去，讓賈似道心裏有一種感覺，這會兒的紀嫣然，和他平時所見的那個古典高雅的女子，很不相同。

「對了，你這會兒來找我，應該是有什麼事吧？」沉默了幾分鐘，還是賈似道率先開口問了起來。

「我是來請你幫忙的。」看到賈似道的疑惑，紀嫣然笑著說道：「聽說你準備在古玩街那邊開一間翡翠店鋪？」

「是啊。」賈似道心裏一動，點了點頭。

這樣的消息，在古玩一行傳得還是比較快的。紀嫣然能夠知道，有點出乎賈似道的意料。畢竟，紀嫣然還有和周富貴認識的這層關係呢。不過，對於紀嫣然忽然說到了翡翠店鋪，賈似道心頭對於紀嫣然到來的原因猜測起來，就更加廣泛了：「莫不是，嫣然你也準備開一間翡翠店鋪？」

這話一說出來，紀嫣然的神情，就微微有些錯愕。

紀嫣然知道賈似道有些誤會了，趕緊搖了搖頭，說道：「你呀，就別瞎猜了。」

紀嫣然不由得白了賈似道一眼。那瞬間而逝的風情，遠要比平時的她來得更加嫵媚和動人。即便賈似道如同驚鴻一瞥地看著，也頗有點按捺不住內心的悸動。

也許是感覺到自己剛才的舉動和賈似道之間顯得有些曖昧了，紀嫣然也不好再把話題給扯開來，轉而直白地說道：「其實，我這次來，主要是想邀請你參加一個鑒寶大會的。」

「鑑寶大會？」賈似道重複了一句，「就像是電視上播的那一種節目？」

「差不多吧。」紀嫣然點了點頭。

現在也算是全民收藏的時代了，不管是國家級的電視臺，還是省裏的電視臺，或者是一些縣市級的電視臺，總會有一些鑑寶類節目，有著足夠的噱頭來吸引大眾的眼球。

而且，這些電視節目，說白了，都是一種類型。請來一些古玩行的專家，然後讓民眾拿著自己的古玩收藏，先做一些展示，比如說一些收藏的故事啊，展示古玩相關的資料啊，最後，再由專家們作陳詞總結，揭開古玩的神秘面紗。

於是，有人歡喜有人憂。既娛樂了大眾，也娛樂了古玩。

而在這種大起大落，或者悲喜交加之中，電視臺的收視率自然也就一而再、再而三地飆升起來了。現在，賈似道能說出「就像是電視上播的那一種節目」這樣的話，就足以說明，古玩鑑寶類的電視節目所產生的影響力，即便是像賈似道這樣的古玩行裏的人，也開始有了一些關注。

當然了，這也不過是紀嫣然自己的想法而已。至少，到目前為止，賈似道還沒有覺悟到自己已經是個古玩界的新星了。

所以，賈似道很乾脆地搖了搖頭，說道：「嫣然，你也太高看我了。對於古玩鑒寶，我就是個外行人。雖然我平時也在古玩街那邊走走，看看東西，說一些似是而非的行話，不過，那都是自己瞎玩的。」

一邊說著，賈似道還一邊搖著手。別人不知道賈似道的能力，賈似道可是知道自己在古玩上究竟有幾斤幾兩。要是找他去鑒寶的話，還不如直接去找阿三呢。

「對了，你可以找阿三啊。」賈似道趕緊把話題給扯到阿三的身上，「如果阿三的能力還不夠的話，不如，就讓阿三幫你請幾個真正的古玩行的行家吧。他在古玩街那邊的關係，可比我要好得多了。」

「瞧你說的。好像讓你去參加鑒寶，是讓你去上刀山下火海一樣。」紀嫣然聞言，不由得沒好氣地白了賈似道一眼，說道：「瓷器、書畫這方面，我都已經聯繫好專家了。現在，就缺少翡翠玉石一類的。」

「你是說，讓我去鑒定翡翠？」說到這裏的時候，賈似道的心裏倒是一動。不管紀嫣然說的這個古玩鑒寶節目有多大規模，總而言之，在臨海這麼一個縣城，應該還是頗有點影響力的。而賈似道剛準備要在古玩街那邊開個翡翠店鋪，要是讓他去當一個專家評委的話，倒還的確是能擴大翡翠店鋪的影響力。

想到這裏，賈似道不由得有點心動了。

「本來，我是琢磨著，我自己可以過去的。」紀嫣然考慮了一下，「不過，我覺得你比我更加合適。」

「好吧。如果只是翡翠類的話，我倒是能夠幫上一點忙。」賈似道也不推辭。以紀嫣然對他的瞭解，再說推辭的話，反而是見外了。賈似道在賭石乃至於翡翠相關的整個產業中的眼力，是足夠去幫助別人做鑒定了。

既然都說了是電視臺錄製節目，賈似道自然也知道節目播出的具體時間。可以上當天的臨海電視臺的晚間新聞，那是肯定的。整個臨海就這麼點大的地方，不要說諸如此類的大型活動了，恐怕就是哪一處的街頭有人打了一架，估計就能上新聞節目了。

之後，兩個人越聊越輕鬆，還聊了一會兒各自對於翡翠行業的看法，又說了從揭陽回來之後各自切石的結果。因為賈似道準備開翡翠店鋪了，說到這一方面，自然全部都是賈似道一個人在說著，紀嫣然只是認真地聽著，偶爾點一點頭，抿一小口飲料，再淡淡地笑上幾聲。

時間就在這樣漫無邊際的聊天中飛逝而去。臨走的時候，紀嫣然還別有深意地看著進門前賈似道擱置在茶几上的那塊玻璃種帝王綠翡翠料子，情不自禁之下，就提出要仔細地察看一下。賈似道自然也點頭應允了。不要說紀嫣然，任何一個喜歡翡翠的人，恐怕都不會放過欣賞極品玻璃種帝王綠的機會吧？

第六章

極具收藏價值的合背錢

孫仲匯的《古錢》書中，記載過「合背錢」。
從字面解釋就是，這種錢的產生，
是由於銅錢鑄造時，誤用了兩件同面模而鑄成的，
兩面都有錢文的古錢，就叫做「合背」，
反之，兩面都沒有出現錢文的則叫做「合面」。
這樣的錢幣，有著很高的收藏價值。

紀嫣然離開後，賈似道獨自一人，拿著玻璃種帝王綠翡翠，就下到了地下室。

不管怎麼說，王彪那邊的生意，還是需要賈似道來儘快搞定的。要不然，如果王彪介紹的第一個客戶，第一樁生意，賈似道就沒有辦法做成的話，那麼接下來，即便王彪還要介紹兩個客戶給賈似道，賈似道自己也不好意思開口問了吧？

第二天下午的時候，賈似道的手機響了起來。他看了看上面的號碼，是阿三的，他的嘴角流露出一絲淡淡的微笑來。

「喂，阿三，那邊聯繫好了嗎？」賈似道問了一句。

「那幾個古玩界的前輩老闆搞定了。」阿三的聲音也充滿了興奮，「時間就在晚上六點半，怎麼樣，你看你是不是現在就過來一趟？」

「好吧。」賈似道答應著，自然而然地點了點頭，隨即想起阿三根本就看不到自己的舉動，訕訕一笑道：「我這就過去。你現在在哪裏啊？對了，晚上你和他們約在什麼地方見面啊？」

「古玩街的事情，自然是約在古玩街了。不然，你以為還能去哪裏啊？」阿三那邊沒好氣地說，「我現在就在『周記』這邊，你趕緊過來吧。」說著，阿三就把電話掛了。

賈似道不由得一愣。莫不是阿三的邊上，還有什麼人在吧？不然，以阿三的個性，怎麼可能會這麼俐落地就把電話給掛了呢？

賈似道一邊琢磨著，一邊出了別墅，叫了輛計程車，很快就來到了古玩街這邊。

賈似道從街口走進去，因為不是週末，古玩街上的客流量並不是很大，略微有點兒冷清的感覺。當走到自家準備開業的店鋪前的時候，賈似道見到了幾個裝修的工人，正在裏面忙活著。

賈似道湊近了一看，店鋪裏面的大體構架，已經有了一個不錯的雛形。就是在精裝修上，還有許多工作沒有完善。他算了算時間，原先計畫好的開業時間是國慶的時候，距離現在還有大概一個月的時間呢，賈似道倒也不急。

再說了，以許志國一個人的雕刻能力，即便現在翡翠店鋪開業了，估計店鋪內能出售的翡翠飾品也不會太多，與其讓店鋪內空蕩蕩地就開業，還不如多等上一段時間呢。賈似道不知不覺地感慨了一番，這才走過自己的店鋪，來到了不遠處的「周記」。

剛一進門，賈似道就看到，店裏有幾個客戶，正在挑選著玉石類擺件。其中的兩個男子，似乎是對田黃石、青田石一類比較感興趣，而其中的三個年輕女子，倒是對雞血石有點愛不釋手。這會兒，阿三正在對著她們三個人解釋著什麼，看著他那有點奉承和吹噓的神情，落在賈似道的眼裏，怎麼看怎麼覺得彆扭。

倒是原本應該在阿三這個崗位上的阿麗，這會兒倒是坐在原本屬於周大叔的紅木椅子上，閒適地喝著茶，偶爾還向阿三那邊看上幾眼，眼神中頗有點玩味的感覺，也不知道是看戲呢，還是希望阿三鬧出點笑話來。

「喲，小賈，你的速度，來得可不是很快啊。」看到賈似道走進來，阿三就打了個招呼，之後卻繼續著自己的講解。

「小賈，你來了。」阿麗則客氣地問了一聲好。

「他們這是？」賈似道見到阿三並沒有太多理會自己的到來，只能把疑惑的眼神看向阿麗這邊。

「阿三在顯擺唄。」阿麗嘴角流露出了一絲淡淡的笑意，「難道你還沒看出來，那邊那位是誰？」

賈似道驚訝道：「哦？」

賈似道心裏一動，眼神頗有幾分詫異地看了一眼那邊圍著阿三的五人，那兩個男的暫且不說，即便是從背後來看，賈似道也不熟悉，想來應該是自己不認識的人了，而三個女子中，其中的兩個，無疑是這兩個男子的女朋友，至少，從她們的舉動中就完全可以看得出來。至於另一位女子，其表現尤為偏向阿三，再結合阿麗剛才的解釋，以及阿三為什麼會搶了阿麗的工作，在「周記」幫忙等表現，賈似道即便不用多猜，也能明白過來，那位女子必定是阿三的女朋友無疑了。

「小賈，你還在那邊站著幹什麼？」阿三簡單地介紹了一下櫃檯上擺放著的幾件玉石飾品，發現賈似道和阿麗正在小聲地嘀咕著什麼，而且兩個人的眼神也是針對著自己看，不由得沒好氣地說了一句：「我這會兒可是正在幫你的忙呢。」

「不是吧？」賈似道心裏詫異，難道阿三還準備幫自己介紹一個女朋友？

「怎麼不是啦？」阿三眼睛一瞪，「你還記得上回答應過的，我介紹一個人去你那邊的店鋪當售貨員的事吧？」

「這個當然記得了。人呢？」賈似道隨口問了一句，轉而就看到，那回過頭來的三個女子中的一個，臉上露出了微笑。

這邊賈似道還沒走近呢，那個女子倒是很自然地說了一句：

「大老闆，你看，我來應聘翡翠店鋪的售貨員，是不是還算過得去呢？」說著，一雙大大的眼睛對著賈似道眨巴了幾下，水靈靈的，很有幾分可愛的感覺，讓人的心裏頓時有點暖暖的。

賈似道不禁點了點頭。古玩街這邊的售貨員的工作，人不一定非要很漂亮的，但是，一定要稍微懂點專業知識，畢竟，這古玩的價值，要是有個什麼差錯的話，價格的差異可就是非常大的了。不過，賈似道要開的是翡翠店鋪，基本上都是明碼標價的，不像一般的古玩店鋪那樣，價格有著很大的彈性，只需要具備一定的親和力就足夠了。而眼前的女子，無疑給人很容易親近的感覺。

「那就這樣說定了哦。」那女子見到賈似道點頭，臉上的笑容也就更濃了。她還看了身邊高高大大的男子一眼，似乎大有表現自己還不錯的意思。她忽然對賈似道說了一句：「對了，大老闆，我叫徐倩，你可以叫我小倩。」

而邊上的那個男子，也只能苦笑一下，轉而對著賈似道自我介紹起來：

「你好，我叫楊濤，這位是我的女朋友，她平時就是這個樣子的。很高興認識你，阿三在我們面前，可沒少提起你。」

「呵呵，你們好。」即便阿三先前肯定已經介紹過自己了，賈似道還是簡單地自我介紹了一下：「我叫賈似道，做翡翠生意的，你們應該都知道了。以後喊我小賈就好了。」

另外的一對男女，則是王勝和林芝。說起來，他們四個人和阿三的交情也是最近才開始的，主要的聯絡人，恐怕還是這會兒站在阿三身邊的女子，也難怪賈似道以前沒有見過他們幾個了。

隨即，賈似道就一邊對著阿三笑笑，一邊用眼神看向阿三身邊的那個女子。直到阿三的臉上都露出幾分著惱的神色了，賈似道才作罷。

不過，在內心裏，賈似道可是狠狠地鄙視了阿三一下，竟然直到現在才帶著他的女朋友出現，似乎是生怕賈似道搶了似的。要是晚上不敲詐阿三一頓，賈似道都覺得自己有點兒太過善良了。

只是，當賈似道的腦海裏忽然出現剛才這個搶了阿三的女朋友的想法時，自然而然的，就浮現起第一次與阿三約見時，兩個人到「周記」來找嫣然的情景。尤其是此時此刻，賈似道和阿三還是在「周記」見面，這讓賈似道嘴角的笑意，看上去更是增添了幾分詭異的感覺。

「我說小賈，你也不用笑得這麼怪異吧？」阿三小聲嘀咕一句，「我又沒有得罪你。這位是我的女朋友，來，自己介紹一下。」說著，阿三用手肘碰了碰女朋友的胳膊。

那女子倒也很大方，對著賈似道微微一笑，說道：「小賈，你好，我叫王丹丹，你可以像阿三一樣，喊我丹丹好了。」

那話語中，似乎還別有一番深意在，倒是弄得賈似道微微一愣。反而是賈似道身後的阿麗，這時「噗哧」一聲笑了出來。看到賈似道回頭看了她一眼，阿麗解釋道：「小賈，你可別想歪了。不管是誰，只要是和丹丹稍微有點熟悉的，都是喊她丹丹的。」

頓時，賈似道臉上的神色就有點尷尬了。敢情自己還被這位剛認識的王丹丹給耍了啊。不然，她為什麼非要說，讓賈似道像阿三一樣喊她「丹丹」呢？要是不加上這麼一句的話，賈似道也不至於想到其他地方去了。

當然，到了此時，賈似道心裏還是明白的，阿三剛才是趁著在「周記」這邊的優越環境，在自己的女朋友面前顯擺一下的同時，順帶向徐倩灌輸一些玉石方面的知識，也無怪乎阿三一開始就說，是在幫賈似道的忙了。不過，賈似道卻絲毫都不領情。

幾個年輕人一陣笑鬧之後，彼此之間的關係也算是比較融洽。就是有點打攪到「周記」的生意了。因為，賈似道發現，似乎自從他到來之後，整個「周記」裏就再也沒有進來過一個顧客了。於是，他腦子裏開始琢磨著，要是自己過陣子開店鋪的時候，因為有小倩在，而這些熟識的年輕人每天都來笑鬧一陣的話，那自己的翡翠生意還要不要做了呢？

中午賈似道陪著幾個人吃了飯，然後才跟著阿三前往約見老前輩的地點。

賈似道要開翡翠店鋪，那麼必然要和這裏有資歷的前輩搞好關係，獲得他們的認可，這是行業的規矩。否則，店鋪倒是可以開，但是開了之後，萬一有了什麼麻煩或者差錯，那可就不好說了。

好在有周富貴大叔和阿三的幫襯，加上賈似道自己近期惡補了很多古玩方面的知識，這個晚上賈似道倒是輕鬆過關，順利地進入了這個古玩圈子。而聽著五位老闆的經驗之談，也讓賈似道大開眼界，頗有聽君一席話，勝讀十年書的感悟，收穫不小。

拜會前輩的宴席順利結束，也意味著賈似道翡翠店鋪開張的前期工作徹底準備就緒，唯一要等待的就是國慶時的開業了。

第二天，賈似道打了個電話給許志國，和他說好了，過兩天去接收劉宇飛從揭陽那邊發過來的翡翠拋光用的各種工具儀器，然後，賈似道讓許志國趁著開業之前的時間，去揚州一趟，不管是拋光工人還是雕刻師傅，能「坑蒙拐騙」過來有一定水準的就行。

那邊的儲藏室，也應該裝修得差不多了吧？那邊只要求安全係數，並不像店鋪，還要考慮許多設計、風格，裝飾的問題。想來，等許志國從揚州回來的時候，就可以把所有翡翠原石都給搬過去了。

安排完臨海這邊的事情之後，店鋪又有阿三在幫忙照看著，賈似道簡單地收拾了一下，第二天就趕回了老家。雖然，賈似道暫時還沒有想好，怎麼和父母說明自己在短時間內靠著賭石發財了，不過，卻不妨礙賈似道把父母都給接到臨海這邊來的決定。

賈似道從臨海市區這邊趕回到老家，要坐上往來於鄉鎮和市區之間的公車，大概有四十分鐘的路程，以前，賈似道還在單位上班的時候，個把月才會回一次家。

但是，就這麼一段三十公里左右的路程，此時此刻，卻讓賈似道的心頭，浮現出一種恍然如夢的感覺。

熟悉的大門，敞開著。一路走進來，從車站到家裏，當走到自家附近的幾戶人家門前時，但凡有人看到賈似道的，都會問上一句：「回來啦！」

賈似道這次是抱著一些心思回來的。古玩街那邊的翡翠店鋪就要開業了，賈似道自己不可能每天都守在那邊吧？雖然阿三介紹了徐倩過來，當翡翠店鋪內的售貨員，但是，以翡翠店鋪中那些翡翠成品的高昂價值，又是在古玩街這樣的地方，賈似道琢磨來琢磨去，還是讓自己的母親過去親自收銀比較放心。

再說了，這麼大個翡翠店鋪，光是徐倩一個人的話，也實在是有點太過於寒酸了。要是賈似道讓自己的母親也過去的話，就不同了。

一方面，自然是存了想讓家裏人逐漸接受自己能賺錢的想法，不然的話，賈似道突然說自己有這麼多錢，短時間內，他還真的有點兒懷疑父母能不能夠接受。

再說，賭石的風險，哪怕是父母乍一聽之下不是很清楚。但是，時間長了，還是不太會贊同賈似道去賭的。有時候，耳濡目染之下，哪怕就是賈似道想要解釋，也解釋不清楚了。

但是，讓自己的親人親自參與到翡翠店鋪的經營中去的話，直接面對著翡翠一行的利潤，那麼，即便賈似道接著說出自己擁有了別墅，並準備購買汽車，還有巨額存款等事實，他們應該都可以慢慢地接受了。

二來，賈似道也不想讓自己的父母再在老家這邊辛苦地待著，讓父母伴隨在自己的身邊，幫忙打理一下店鋪，也更加閒適一些。

回家之後，賈似道發現老媽不在家，問了鄰居，才知道去橋頭那邊洗衣服去了。賈似道又趕到橋頭，卻發現橋頭邊有幾個小女孩在開心地踢毽子，其中的一枚眼看著朝他飛了過來，他下意識地伸手抓住了。

當賈似道打量了一眼手中的毽子時，卻有了幾分親切感。

這只毽子和現在市面上能夠很方便地購買到的羽毛毽子不同，是用雞翎拴著一枚銅錢做成的，沒有什麼花哨的地方，很樸素。不要說是眼前的幾個小女孩了，就連賈似道，兒時也很少見到這樣的毽子。更多的，還是用竹節和雞翎一起搭配著製作而成的。

賈似道見識過不少銅錢，就是賈似道自己的家中，也收藏有幾枚。賈似道剛一入古玩收藏一行的時候，就對古代錢幣一類比較有興趣。不為別的，僅僅是想要察看一下，自己家裏收藏的、賈似道腦海裏頗有印象的幾枚銅錢，究竟值不值錢。

不過，結果讓賈似道很失望。

尋常的銅錢，暫且不說真不真吧，真正值錢的並不多。賈似道可沒指望自己家裏就能有一枚珍貴的。要是小時候，看到不少小夥伴們踢著用好幾枚銅錢串聯在一起的毽子時，那個時候能夠把這些銅錢全部收起來的話，或許還能找出幾枚稍微值點錢的來吧。

當然了，即便如此，賈似道也知道，這種機率並不高。他後來索性就很少再去查看古代錢幣的資料了。這會兒，因為猛一看到熟悉的毽子，熟悉的銅錢，賈似道不由得輕輕地撫開了雞翎。在銅錢的正中，楷書的「景佑元寶」四個大字清晰在目。這是一枚極為普通的北宋時期的古錢幣。

不過，正當賈似道擺弄著毽子，準備對幾個小女孩刁難一下的時候，卻發現，這枚銅錢，有些古怪！

倒不是說這枚銅錢的造型有問題，或者年份有問題，讓賈似道充滿了驚奇。又或者，乾脆就是這枚銅錢本身就是假的。畢竟，以一個外行人的想法而言，普通的銅錢，年代越是久遠的，心裏自然就會認為越是值錢的了。

賈似道可沒少遇到過這樣的人。比如，大家心裏很自然地就會認為，同樣是一件瓷器，漢代的就一定要比清朝的貴上很多。不說從漢代保留到現在不容易吧，就光是這麼長的時間，也能值不少錢吧？

不過，事實卻並非如此。漢代的瓷器，有許多的確比清代的瓷器珍貴，但是，大部分還是比不上明清時期的瓷器的。工藝上的進步不說，不管是精美程度還是審美觀點，甚至明清時的精美瓷器已經成為宮廷裏的陳設器之後，其價格就更不是漢代那會兒的瓷器所能夠比得了的了。

對於這一點，賈似道因為對於瓷器的喜愛，心裏自然是非常瞭解的。由此推及到古玩銅錢上去，也是同樣的道理。

而眼前的這一枚「景佑元寶」銅錢，哪怕它的的確確是北宋年間的，但是因為存世數量龐大，卻不值什麼錢了。而要是僅僅如此的話，賈似道也不會感覺到這枚銅錢有任何古怪之處了。但是，就在賈似道的手輕輕地撫開雞翎的時候，在手中把玩一圈，卻忽然發現，在這枚銅錢的背面，竟然也鑄有「景佑元寶」四個大字。

當即，賈似道還生怕自己看錯了，把毽子底部的銅錢反覆地看了看，直到確定兩面的確都鑄有「景佑元寶」四個字的時候，才神情頗有點古怪地看了一眼正走到自己跟前的小女孩。

小女孩紮著一根馬尾辮，十歲左右，大大的眼睛，臉上自然也是充滿稚氣。不過，這會兒，小女孩看著賈似道的眼神可不怎麼客氣，似乎是生怕賈似道搶了她的毽子一樣，目光直愣愣地看著賈似道手裏的毽子，小手也微微伸著，大有一把從賈似道的手中奪回毽子的架勢。

這麼一來，賈似道臉上的神情，就顯得更加怪異了幾分。

說起自己手中的這枚銅錢，自從有了兩面都是「景佑元寶」的字樣這個發現之後，賈似道就有了想要收下來的意思。畢竟，賈似道也算是查過一陣子古玩錢幣資料的。不說對於任何朝代的銅錢都有百分之百的瞭解，至少什麼樣的銅錢價值最高，比如「景佑元寶」這樣的銅錢比較氾濫，心裏還是比較清楚的。再不濟，對於一些古怪的銅錢，印象也會深刻幾分。

就好像皇宮裏鑄造銅錢之前所使用的「母錢」，也就是在鑄造銅錢之前，先要弄個銅錢的樣板錢幣，給當時的皇帝過目，確定之後才能大量地鑄造流通，那種錢幣就是「母錢」。一般來說，母錢都不會和流通的銅錢一樣大小，故意做得大上很多，而且，在鑄造的材質上也會有所不同。這樣的古錢幣，自然是比較值錢的了。

另外，就是眼下這枚「景佑元寶」這種類型的，賈似道也有所瞭解。記得在孫仲滙先生的《古錢》一書中，就記載有這樣的「合背錢」。

說是「合背」，其實從字面上來理解就是，這種錢的產生，是由於銅錢鑄造時，誤用了兩件同面模而鑄成的，兩面都有錢文的古錢，就叫做「合背」，反之，兩面都沒有出現錢文的則叫做「合面」。這就好比現代的紙幣，突然間出現一張正反面都是一樣圖案的來。不用多說，任誰也知道，這樣的錢幣，有著很高的收藏價值了。

而且，在宋朝的時候，由於錢法嚴峻，極少出現「合背」或者是「合面」的情況，因此，這種銅錢的數量更是極少。哪怕是「景佑元寶」這樣流通數量龐大的銅錢，也是極為難得的，能夠流傳下來的，都會備受古錢幣藏家們的重視。

賈似道很難想像，自己僅僅是回家一趟，並且是出門來找母親的，就在路上，竟然能遇到這麼一枚「合背錢」，他自然是不會放過這個機會。即便賈似道對這枚古錢幣東西對不對，還沒有實力去鑒別出來，但是，隨即一想，作為一個小女孩子用來當毽子踢的銅錢，要是還存了故意作假的可能的話，那麼，賈似道乾脆以後買任何古玩，都請個專家在身邊幫忙把關好了。而且，賈似道也不認為，在自己老家這樣的地方，有古玩行家存在。

遇到這樣極為少見的合背錢，也算是錢幣收藏中的珍品了，賈似道豈能眼睜睜地錯過？

於是，賈似道馬上就面帶笑容，一臉和氣地對眼前的小女孩說道：「這位小朋友，這個毽子，是不是你的啊？」

好在女孩子也不認生，她點了點頭，很以為然地說道：「嗯！」說完，還有點奇怪地看了賈似道一眼，補充了一句：「這個毽子是我媽媽給我做的。」

「那你能不能把這個毽子賣給哥哥呢？」賈似道說這句話的時候，忽然感覺自己現在的情形，很有點大灰狼欺騙小白兔的感覺。隨後，他從自己的口袋裏摸了摸，原本是只打算取出十塊錢的。

畢竟，十塊錢，在小鎮上這樣的地方，換小女孩的一個雞毛毽子，實在是說得上很奢侈了。不過，看到小女孩純真的眼神時，賈似道忽然就把十塊錢的人民幣，換成了一張一百塊的。

賈似道一手拿著毽子，一手拿著一百塊人民幣，對著眼前的小女孩晃了晃，說道：「你看，要是你答應把毽子賣給哥哥的話，這錢就歸你了。」

第七章

巧合

賈似道剛從老家回來，紀嫣然就恰巧找到他了，
要說這全是巧合，周大叔可不會相信。
於是，在三個人去賈似道的儲藏室路上，
周富貴很客氣地自己駕著車，
讓賈似道單獨坐在紀嫣然的奧迪車裏。
用周富貴的話來說：
我這個老人家還是不打攪你們年輕人的好！

小女孩的神情，倒也讓賈似道有點哭笑不得的感覺。

她先是對自己的毽子認真地看了看，眼神中微微有些不捨，隨即，又把目光投注到賈似道手裏的錢上，還小心翼翼地伸出手摸了摸，似乎是對著陽光看了看，生怕這張一百塊的錢是假的一樣。最後，也許是她心中做了決定，她忽然仰起頭，對賈似道問道：「真的嗎？」

賈似道一點頭，還沒開口說話呢，就見小女孩一把奪過一百塊的人民幣，蹦跳著轉身離開了，一邊跑，還一邊嚷嚷著：「媽媽，媽媽，有人用一百塊買了我的毽子啦。」那歡快的樣子，彷彿會傳染一樣，感染到了邊上的許多人。

然後，就在賈似道滿臉笑意的注視中，小女孩衝進了旁邊一棟房子的大門。邊上原本和她一起玩耍的幾個小女孩，這會兒卻更加好奇和雀躍了。

小女孩們壓根兒就不明白，為什麼一隻普通的毽子，可以換到一百塊錢呢？當然了，對於一百塊錢的功用，她們還是很清楚的。這不，賈似道還沒來得及離開，邊上的幾個小女孩就都衝到了賈似道的跟前，眾口不一地嚷嚷著：「大哥哥，我這個毽子，比小亞的那個還要好，我的也賣給你吧。」弄得賈似道一陣頭大。

說了好大一通話，又勸解了好一陣子，賈似道總算脫身出來。

回頭想想剛才的那番景象，賈似道的心情卻沒有絲毫著惱，反而覺得那幾個小女孩的眼光很不錯，竟然還懂得做生意了。

這年頭的小孩，跟自己小時候有很大的不同啊。以前賈似道小時候，別說是一百塊錢了，就是一塊錢也很少見到。

要是有人伸手準備用一塊錢和自己換東西的話，說不定，自己的表現就連剛才的那個小女孩都不如呢。

而且，即便看到小夥伴中有人換了錢來，賈似道也絕對不會跟上去，爭著去換的。他實在是沒那個膽子啊，最多就是跟上賺了錢的小夥伴的腳步，討要一點好處罷了。

這麼想著，賈似道掂了掂自己手上的毽子，嘴角的笑意愈發濃郁起來。他正準備把上面的雞翎給拔掉呢，遠遠的，就看到一位中年婦女走過來，賈似道立即快走了幾步，迎了上去，喊了一聲：「媽，我回來了。我來幫你拿吧。」

說著，他就伸手從母親的手裏，把裝著洗乾淨的衣服的桶給提了過來。

「你怎麼想到今天回來了啊。」雖然從母親的話裏，聽出了對於賈似道這兩三個月裏都未曾回家的埋怨，不過，看到賈似道之後，她臉上的笑意卻讓賈似道倍感親切。要不是生怕驚擾了母親的話，賈似道都準備把自己的資產情況直接告訴母親了。

「咦，小賈，你都這麼大了，怎麼還拿著毽子玩啊？」母親看著賈似道一手拎著桶，一手卻拿著一隻毽子，忍不住笑意，說道：「也不怕別人看了笑話！」

「呵呵，這可不是用來玩的。是我剛剛買下來的。」賈似道答道。他轉而眼珠子一轉，一直困擾著他的想請母親去臨海那邊幫忙的理由，在這一瞬間，就豁然開朗了起來，他笑著說道：「老媽，你可別看這麼一個小小的毽子，它的價值可不小哦。」

母親說道：「對了，小賈，你上回還說自己賺了不少錢，我和你爸一直想要問清楚，你卻都不給我們認真說說。該不是，就在倒騰這些毽子什麼的小玩具吧？這可不好。放著正經工作不做，你哪兒來的時間去倒騰這些小買賣啊。」

母親臉上的笑容依舊很燦爛，就是容顏上看著有點顯老了。似乎不管是小鎮上還是農村裏的中年婦女，大多都是這樣的。

賈似道琢磨著，要是城市裏的婦女，用一些護膚品什麼的來滋潤一下皮膚的話，那麼即便到了四五十歲的年紀，看上去也不會像農村這邊的婦女一個模樣吧？不說年輕上十幾二十歲的，看著更加精神一些，卻是肯定的。

想到這裏，賈似道對於要把母親給接到臨海那邊去的想法，就更加堅定了起來。

「媽，不是的。」賈似道趕緊打斷了母親的嘮叨，「買點小玩具什麼的，哪怕我願意，也要看看我有沒有那個門路和時間啊。」

「這就對了。」母親聞言點了點頭，說道：「我本來就準備去市裏看看你，結果，你家老頭子愣是不讓我去，說是孩子長大了，就該由他自己去了。我說，你還是趕緊跟媽說說，上回的那筆錢是怎麼來的。不然，你媽我心裏，總是不踏實！」

「好吧。」賈似道點了點頭。不用再去猜想，賈似道心裏就明白過來，敢情自己上回給家裏的錢，二老都還沒敢用呢。這樣的情況，倒是沒有出乎賈似道的意料。雖然錢並不多，但是，賈似道在匯錢之前，就能猜到，母親拿了錢，肯定是會存起來的。

對於母親來說，到了這個時候，沒有比給賈似道談一門親事，更大更重要的事了吧？

「對了，老媽，在說我怎麼賺到錢之前，我能不能先給你說個小故事啊？」賈似道琢磨著措辭，小心地看了母親一眼，生怕母親生氣似的。而邊上的母親，也許是注意到了賈似道小心翼翼的舉動吧，顯然很開懷。畢竟，不管賈似道長到多大，在母親的眼裏，不還都是小孩子一個？

於是，母親很嗔怪地看了賈似道一眼，說道：「說吧，說吧。還講個故事呢，就你鬼主意多。怎麼在對著女孩子的時候，就沒這麼機靈了呢？要不然，你媽我這會兒都能抱上孫子了。」

賈似道聞言，臉上表情頓時有些訕訕的。他真不知道母親的想法，為什麼講起任何事情，都能扯到那方面去呢？不過，即便心裏如此鬱悶，表面上，賈似道對於自己的母親還是很客氣的。

賈似道伸出手，遞過了手中的毽子給母親，說道：「老媽，你猜猜，我買下這個毽子，花了多少錢？」

「這東西，該不會真的是你買下來的吧？」母親顯然有些不太相信，還特意在手上翻來覆去地看了看，把整個毽子都給檢查了一遍，說道：「這毽子也沒什麼特別的啊。我自己都能照著給做一個。」

「那是，也不想想，你是誰的母親啊。」賈似道當即就拍了一個馬屁，要知道，對於自己母親的手藝，不管是打毛衣還是用縫紉機做衣服，賈似道都是再清楚不過了，更不用說是簡簡單單地做個毽子了。

「不過，老媽，你還沒有猜，我究竟花了多少錢呢。」賈似道緊接著問了一句，可是絲毫都沒有放過這個話題的意思。

「這還能花多少錢啊。」母親很乾脆地說，「要在以前的話，都是自家的孩子想要玩，才會做一個的。現在的話，即便要買，估計也就是一兩塊錢吧？」

「不是。」賈似道搖了搖頭，「太低了。」

「兩塊還太低了？五塊？」看到賈似道依然還是搖著頭，母親沒好氣地伸手拍了賈似道一下，就要去擰賈似道的耳朵了：「你小子，就知道亂花錢。就這麼個破玩意兒，你說，你究竟花了多少錢啊？」

「呃……」看母親這架勢，賈似道趕緊打消了打趣的念頭，很直接地說：「那個，我說了，您可千萬別打我啊。我可事先說明，這裏面，可是有原因的。」看到母親微微一愣，隨即點了點頭，賈似道才接著小聲說道：「一百塊！」

「什麼，你說多少？」母親顯然是有點被震撼到了。

「我說我花了一百塊錢，買了這個毽子。」賈似道很肯定地說。

當即，母親二話沒說，也顧不得賈似道了，很緊張和好奇地對著手上的毽子左看右看，她就納悶了，怎麼這麼個毽子，會值得一百塊錢呢？說起來，到了母親這麼個年紀，別看她和賈似道說話的時候很大大咧咧的，有點沒心沒肺，彷彿是對於任何事物的價錢都斤斤計較一樣。但是，真要聽清楚了賈似道說的一百塊錢，她卻也不會再去懷疑賈似道被人騙了。

她的第一個感覺，就是這個毽子應該有什麼特別的地方。她可不會認為，賈似道長這麼大了，卻連這麼一個毽子的價值都不知道，會平白地被人騙去一百塊錢。這可是一百塊啊，不是五塊、十塊的。不過，任憑她怎麼看，卻也沒理出個頭緒來。

「老媽，你看看底下的這個銅錢吧。」看到母親越來越疑惑的眼神，賈似道不由得開口提醒了一句。

不懂古玩，乃至於不明白古錢幣的人，即便這樣的東西出現在眼前，也不一定就會瞭解其價值。更不要說，這枚銅錢是和雞翎組合在一起成為一個毽子的了。

「你小子要是不說，我還真沒發現，這個銅錢的兩個面，竟然都是一樣的。」母親說了一句，轉而對賈似道問道：「你的意思是說，這一枚銅錢很值錢啦？」

「嗯！」賈似道點了點頭。這也是他的打算，先從古玩方面入手。畢竟，古董在母親這一輩的人眼裏，是很值錢很玄妙的。到時候，他再說到自己因為玩古玩，賺了不少錢，現在還準備在古玩街那邊開個店鋪，讓母親過去幫忙看著，就說得過去了。

要知道，現在這年頭，哪怕就是個村姑，對於玩古玩的人發財了，也是不會持任何懷疑態度的。電視上不是都說了嘛，一個小小的菜盤子，運氣好的話，都能值個幾十、幾百萬的呢。真要被賈似道給撿了一個漏，也完全說得通，賈似道的錢財究竟是從哪裏賺來的了。

而賈似道的母親，聽到賈似道的回答之後，很快就明白了過來。敢情自己兒子上次寄回家的錢，是因為倒騰古玩賺來的啊。這麼一來，原本的擔心之色，在她的臉上很快消失了，轉而很高興地問了一句：「那兒子，你能告訴老媽，這麼一枚銅錢，能值多少錢啊？幾萬，幾十萬？」

說起古玩，要是只值個幾百塊幾千塊的，在不懂行的人眼裏，那根本就算不得是古玩了。要不然，古董在普通人的眼中，為什麼是神秘而高貴的呢？這要放在以前的時代，那就是地主階級的人才能擁有的。

賈似道看到母親連拿著毽子的手，都變得有些緊張和顫抖起來，賈似道一時間也不知道再說些什麼好了，只能解釋道：「老媽，這個是古代的『合背』錢，也算是數量稀少的錢幣了，不過，在價格上，和你所說的幾十萬、幾百萬還有很大差距。可沒你想的那麼珍貴。」

「不管怎麼說，這也是古董了不是。」聽到賈似道的話語之後，母親很沒好氣地嗔怪了一句：「就你小子懂得多。」不過，這話裏顯然有了幾分讚賞的意思。兒子出息了，懂的東西多了，做母親的自然很高興。

母子倆一邊走，一邊說著話，母親忽然又問了起來：「兒子，你說，你這毽子是剛買的，那肯定是從人家小孩子手上買回來的。你說，我們這麼賺小孩子的錢，是不是有點……」

賈似道說道：「老媽，這話就不對了。要想玩古玩的話，主要還是要靠自己的眼力的。要不然，大家都是明打明的買賣，那還不如全部都送去拍賣會好了。誰也賺不到什麼錢了啊？這就跟做生意一樣，肯定會有一方少賺一點的。」

賈似道繼續說道：「再說了，當時，我也是給那小女孩錢了的。一百塊，對於這枚銅錢來說，的確是少了點，但是，對於那個小女孩來說，在她的想法裏，肯定是她賺了，看她當時的樣子就知道了，她是很樂意接受的。」

「聽你這麼一說，倒還真是這麼個理兒！」母親略微琢磨了一下，便點了點頭。顯然，她也不是個認死理的人。

「就是。」賈似道接著說道，「老媽，你再想啊。這種東西，要是一直在那小女孩的手上，說不定什麼時候就給弄丟了呢，那樣的話多可惜呀！這可是從古代好不容易才流傳下來的呢，還不如給我，這樣一來，也更能體現出這枚銅錢的真正價值來。而且，那小女孩的家人，肯定是不懂得這枚銅錢的價值的，要不然，也不會用來做成毽子了。」

說著，賈似道接過母親手裏的毽子，放在手裏掂了掂。那嫻熟的動作和說得頭頭是道的模樣，讓母親看了，也忍不住「噗哧」一聲笑了出來。

「看把你得意的。」母親嘟囔了一句。

「好吧，如果老媽心裏還是覺得有些不好受的話，反正我也知道那小女孩的家在哪裏。不如，等改明兒，我再去她家看看，還有什麼好東西沒有，即便沒什麼好東西了，到時候，我也會隨便挑選一點，多補償一些錢給她好了。」賈似道說道，「不過，肯定也不能太多了。讓我虧本了的話，我可是不幹的。」

「喲，看你這副模樣，還真有點生意人的樣子了。」母親說道。

「那是，老媽，我和你說啊，我這幾個月沒有回家來，就是因為覺得，我現在在古玩這一行，混得還是很不錯的，而且也認識了幾個朋友，他們也都是在這一行做生意的，門路還算比較廣。我們一合計，我準備趁著現在有點錢，又有進貨管道，就琢磨著開個店鋪。」賈似道一邊說，一邊觀察著母親的神情變化。

「這個想法很不錯啊。」母親倒是挺樂意的，「不過，你單位那邊的工作怎麼辦？」

「工作的話，我覺得反正也賺不了多少錢，還不如直接一點，乾脆下海好了。再說了，即便到時候生意沒辦法做下去了，也可以回頭再找工作啊。在古玩行裏的人，能接觸到的人際關係，可要遠比在單位裏接觸到的人際關係網大得多了。如果生意做不下去了，我再去找個工作的話，興許還能比現在的好呢。」賈似道說道，「要不然，我難道還拿著現在這些錢，這輩子就混吃混喝了？」

「就你這麼點錢，還想著混吃混喝呢，我看吶，連你娶媳婦的錢都還不夠呢。」母親看了賈似道一眼，「鄰居家的李強知道不？比你還小一歲呢，上個月剛訂婚，聘禮都下了，花了八萬八千塊錢。」

說著，母親還感歎著，這年頭娶個媳婦，有多麼不容易。

不過，賈似道也知道，農村裏的孩子，結婚自然都是比較早的了，而且，要是相親，雙方都有點意思的話，直接就訂婚了，雙方的父母禮金一送一收，這事就定下來了。賈似道都還聽說過，今天剛相親呢，明天或後天就有訂婚的。

一聽老媽扯到這個方面了，賈似道趕緊跳出這個話題來，說道：「老媽，其實，我上次寄回來的錢，是給你們二老用的，真的是希望你們享享福來著。我自己手頭上，現在還有不少錢呢。」

「真的？」母親一聽說賈似道開始攢錢了，果然來了精神，還特意小心地看了看邊上，見到沒什麼人注意，才小聲問了一句：「那你和媽說說，你都賺了多少？」

「上百萬吧。」賈似道小聲說了一句。看到母親一臉震驚的神態，賈似道苦笑了，隨即解釋了一句：「難道您就這麼不相信你兒子？」

賈似道心裏嘀咕著，這可是已經往很少裏說的了。其實，賈似道也更想再往少了說。不過，要是再少了的話，那麼，接下來，又怎麼解釋有錢開店呢？所以，這上百萬的錢財，還是賈似道琢磨了好一陣子，才推算出來的比較合理的一個數字了。

在初步的驚訝過後，母親的表現，可是要比賈似道想像中的來得更加平靜一些。

看看馬上就要到自己的家裏了，母親也沒有和賈似道多說什麼，很快地就進到了家裏，然後二話不說，做了一件在賈似道看來很好笑的事情。

倒不是說賈似道的母親，當即就拉著賈似道問他手頭的資金有多少，也不是把賈似道手中的合背銅錢給藏起來。相反，賈似道看見自己的母親，在剛一進門之後，就把一直敞開著的大門給關了起來。這還不算完，連桶裏洗好了的衣服也不管了，沒有拿出來晾曬，直接就上了樓，在一個陳舊的箱子裏，伸手掏了又掏。

「老媽，你這是做什麼呢？」賈似道很無語。

「做什麼？」母親很理所當然地說了一句，「你沒看到我在找東西嗎？還不快點過來，幫忙拿一下。真是的，傻站在那邊幹什麼啊。」說著，母親還遞過來從箱子裏掏出來的東西，放到了賈似道的手上。

賈似道仔細一看，竟然全部都是銅錢。

雖然說不上很多，二十來枚還是有的。不過，這些銅錢的存在，賈似道一直都是知道的。要不然，在剛一開始進入古玩一行的時候，賈似道也不會專門去查看古代銅錢的資料了。

只是讓賈似道沒有想到的是，自己的母親，竟然在聽說了「合背錢」比較值錢之後，回家的第一件事就是找出自己家中所有的銅錢，然後一個一個地翻看著，嘴裏還嘀咕著：「怎麼就沒有正反面都一樣的銅錢呢？」

看到母親認真的模樣，賈似道又是好氣又是好笑。隨後，賈似道就把所有的銅錢都給放在了一起，對母親說了一句：「媽，你這麼找是沒用的。我實話和你說吧，在我進入古玩一行之前，我也是和您現在一樣的心思，就是想看看，自家的銅錢裏有沒有值錢的。」

「那你說，這裏有沒有值錢的呢？」母親很認真地問道。

「沒有。」賈似道很肯定地說，「不要說是這十幾二十枚銅錢了，就是你再找出幾十枚來，想要遇到同樣的『合背錢』，幾乎是不可能的。不過，關於『合背錢』的趣事，我倒是能給你說上一說。」接著賈似道就把這個『合背錢』的典故跟母親說了一遍。

時間臨近中午，母親去做飯了。當她確切地知道，賈似道的存款都有了七位數的時候，她臉上的笑容就一直沒有消失過。

吃午飯的時候，父親回到家來，看到賈似道並不感到驚訝。不過，在賈似道提出，要讓母親去臨海那邊幫忙看店的時候，父親還是有些疑惑地看了賈似道一眼。

在賈似道解釋了一番之後，父親沉吟著說了一句：「看你媽媽的意思吧，反正我是不去那邊的，在家待著挺好的。」

「你為什麼不去啊？還不是成天在家裏閑著。」母親有點不太樂意了。

「你懂什麼。」父親說道，「要是我們兩個都去臨海了，那老家這邊就沒人著落了。你不想著早點過上抱孫子的日子，我還想著能早點呢。」

邊上的賈似道聽著，趕緊扒了幾口飯，就溜走了。要不然，天曉得父母接下來還會說叨點什麼呢。

不過，賈似道琢磨著，就是有點不明白了，這父母親一起去臨海那邊，怎麼就和自己的終身大事搭上關係了呢？莫非，父親在老家這邊坐鎮，為的就是給賈似道看看媳婦的婆家？

這麼一想，賈似道才有點後知後覺地明白過來。要是家裏人都不在老家的話，那麼，即便有親戚朋友想要介紹人給賈似道認識，恐怕也不是很方便了吧？如果父親在家裏的話，那可就不一樣了。賈似道的腦海裏，頓時閃現出一個衝動的念頭，是不是應該把父親也給勸說動了，一起去臨海那邊呢？

這幾天，許志國來的電話說，劉宇飛發過來的拋光儀器設備，他已經都接收下來了，全部都存放在周富貴的廠房那邊，而許志國也已經出發去揚州那邊了。

至於阿三那邊，賈似道打了一個電話過去，問了一下翡翠店鋪裝修的進展，得知整體佈局已經弄得差不多了，剩下的就是精裝修了，卻還需要不少時間來進行。阿三也說了，在國慶之前，是肯定能夠完工的。

此外，周富貴大叔也打來電話，說賈似道的儲藏室那邊，已經裝修得差不多了，讓賈似道看看，是不是什麼時候回臨海，挑選一個日子，把所有的原石等東西都給搬過去。

畢竟，這些東西全部存放在周富貴那邊，就算周富貴心裏不介意，時間長了，賈似道自己也會不好意思的。於是，賈似道和老爸老媽商量了一下，賈似道一個人先回臨海去，等到翡翠店鋪開業之前，母親再去臨海。

對此，賈似道的父母也欣然接受了。

等到賈似道回到臨海的時候，已經是他在老家待了差不多一周之後了。

第二天早上，賈似道還沒去周大叔那裏，商量著怎麼搬運所有翡翠原石以及翡翠成品去自己的儲藏室的事情呢，紀嫣然的電話就打了過來，聽到賈似道說是在自己的別墅裏，便輕聲說了一句：「那你等我一下，我這就過去。」

然後，就掛了電話。約莫五六分鐘之後，紀嫣然就來到了賈似道別墅的門前。

這時，紀嫣然的穿著和她以往去古玩街「周記」那邊的時候一樣，很休閒，比較隨意。這個時候的她，要是在臉上再露出一點笑容來的話，會讓邊上的人感覺到更親切一些。這不，賈似道為她開門的時候，明顯的就能感覺到她臉上的笑容暖融融的。

雖然不至於笑靨如花，卻讓人有點如沐春風的感覺，一時間，賈似道有點微微地愣住了。好在，對於紀嫣然，賈似道也算是比較熟識了，他當即就恢復過來，做了一個「請」的手勢，把紀嫣然給讓了進來。

「小賈，那邊的民間古玩鑒寶大會，所有的程序都開始提上日程了，在五天之後，在古玩街靠北面的盡頭，那裏有一個大院子，鑒寶大會就在那邊舉行。在此之前，你還有沒有什麼需要準備一下的？」紀嫣然的話，說得也很直接。顯然，她今天來找賈似道，肯定不是隨意說說這麼簡單。

「準備一下，倒是不至於。」賈似道琢磨著說道，「不過，到時候，如果玉石藏友比較多的話，我就怕我一個人忙不過來啊。」對於電視上經常播放的民間鑒寶活動的熱鬧程度，賈似道可是深有感觸的。

「這個，到時候再看情況吧。」紀嫣然略微蹙了一下眉頭，轉而認真地看了看賈似道，才接著說道：「從往屆的民間鑒寶大會來看，玉石藏友其實是比較少的。」

「這個，我是能理解的。」賈似道下意識地伸手揮了揮，阻止了嫣然要說的話，說道：「畢竟，臨海這邊的鑒寶大會，主要還是因為有古玩街存在。要不然，也不太容易搞得起來。這麼一來，古玩類的東西多一些，就是很自然的了。周大叔還和我提起過，以前就專門搞過瓷器、書畫的專場呢。」

「你明白就好。」紀嫣然說道，「我今天過來，就是來給你提醒一下的。另外，電視臺那邊也聯繫好了，到時候，他們會針對鑒寶的活動，製作一期電視節目。」

「這個，你前幾天不是說過了嗎？」賈似道好奇道。

紀嫣然說道：「你看我，倒是我剛才沒有表達清楚了。」

紀嫣然淡淡一笑，還下意識地吐了吐舌頭，剎那間的轉變，竟然如此俏皮，是很難得見到的了。看著她的神情，賈似道忽然間就覺得，她父母給她取了這麼一個名字，實在是再貼切不過了。紀嫣然一旦笑起來，還真有嫣然一笑百媚生的感覺。

也許是注意到賈似道肆無忌憚的目光，紀嫣然的臉上一紅，微微有點嗔惱的感覺，不過，如此一來，她的魅力反而更加散發出來，她只能假裝著咳了一下。賈似道卻嘴角微微一翹，很自然地大膽地看著她，眼神中還略帶了幾分詢問的意思，似乎是在問著：你怎麼了？

這麼一來，紀嫣然倒是不知道怎麼說賈似道好了。估計，就是她自己，也沒有想到在這種時候，賈似道會表現得如此「無賴」吧？

最後，紀嫣然在賈似道的注視下，也只能悻悻地抿了抿嘴，沒好氣地說道：「先前我只是告訴過你，在不干擾鑒寶活動的情況下，電視臺的人會在邊上拍攝。不過，也不知道電視臺的領導是怎麼想的，現在忽然決定，要在鑒寶的過程中，專門製作出一期節目來。到時候，可能會有幾位電視臺的人，各自憑自己的眼力，在藏友中間尋找不同的古玩出來，然後帶著他們，直接讓專家當場鑒定東西的真偽，附帶說明東西的價值。到時候，你可別心裏沒個準備，弄得措手不及就成了。」

「這個……」賈似道聞言，一手托著下巴，臉色有些怪怪地問道：「他們不會專門找玉石類的藏友出來吧？」

「這應該不會。」

紀嫣然也不太確定，說道：「可能是國家級電視臺的鑒寶類節目比較紅火，而且，一些地方台的鑒寶類節目收視率也不錯，我們臨海這邊的電視臺，自然也是準備模仿著搞一搞，看看效果了。」

「嗯。」賈似道點了點頭。

如果這一次節目的收視率高的話，臨海有了古玩街這樣一個地方，經常製作一些古玩鑒寶的節目出來，也還是比較方便的，至少比一些沒有古玩集市的城市，特意來搞古玩這類節目要方便許多吧？

再說，哪怕就是這次的收視率不高，也無非是沒有下一次而已。對於電視臺來說，這僅僅是一個嘗試。

但是，對於賈似道來說，雖然有些作秀的嫌疑，但無疑也是一次難得的宣傳機會。

從別墅裏出來，讓賈似道很意外的是，紀嫣然詢問了一下賈似道要做的事情之後，竟然也準備跟著一起過去。

當賈似道用疑惑的眼神看向紀嫣然的時候，紀嫣然很坦然地說了一句：

「我知道你要開翡翠店鋪，肯定會準備一個相應的儲藏室的。我都還不知道在什麼地方呢，要是以後我要是有翡翠料子準備出售給你，找不到你怎麼辦？」

賈似道也只能無語地接受了這麼一個蹩腳的理由，不過，他在心裏，卻小聲地嘀咕了一句：找不到才怪呢。

於是乎，當周大叔在廠房那邊等到賈似道的時候，忽然看到賈似道身邊還跟著紀嫣然，眼神中充滿了幾分怪異的神色。

好在紀嫣然在面對周富貴的時候，還是很乖巧的，淡淡地問候了一句：「周大叔好。」那副恬靜的模樣，自然是惹來周富貴笑呵呵的應答了。

而周大叔再度看向賈似道和紀嫣然的眼神，也多了幾分曖昧的神色。

「周大叔，我們是直接運送一些翡翠原石過去呢，還是先到那邊去看看再說？」賈似道只能裝作沒看懂周富貴的眼神一樣，「我昨天回來到現在，也還沒有去過呢。」

「你昨天剛回來？去做什麼了？」邊上的紀嫣然詫異地看了賈似道一眼。

「回老家了唄。」賈似道聳了聳肩膀，「所以說，你早上打電話過來，我剛好在家，絕對是很巧合的。」

說著，賈似道還特意看向周大叔，似乎這也算是解釋了他為什麼會和紀嫣然走到一起的原因。

不過，這話聽在周大叔的耳朵裏，可不會這麼想。

這賈似道剛從老家回來呢，紀嫣然就恰巧找到他了，要說這裏面全是巧合的話，周大叔這樣年紀的人可不會相信。於是，在三個人一起去賈似道的儲藏室的路上，周富貴很客氣地自己駕著車，讓賈似道單獨坐在紀嫣然的奧迪車裏。

用周富貴的話來說：我這個老人家還是不打攪你們年輕人的好！

而這樣的事情，給賈似道的唯一感觸，就是自己是不是早就該買輛車了呢？尤其是在賈似道上車的那會兒，紀嫣然看過來的一個眼神，讓賈似道頓時就感覺到，自己要是擁有一輛車，那該多麼好啊。

賈似道帶領紀嫣然、周富貴參觀了他加工翡翠的大廠房，倒是讓他們狠狠地驚訝了一把。

廠房之大就不用說了，守衛的大狼狗、層層加密的防盜措施，琳琅滿目的極品翡翠原料，都讓他們驚歎不已。

隨後，賈似道和周富貴一起，找了個搬運公司，從周富貴的廠房那邊，把屬於賈似道的儀器和大型翡翠原石，全部都給搬運到賈似道的廠房這邊來了。

好在這年頭，只要付了錢，賈似道完全可以不用動手，那些切割機之類的大型機器，就在短短一個下午的時間裏，挪到了它們應該待著的地方。

忙完這些，賈似道直接搭車去到汽車市場，當場就訂了一輛奧迪A6，在賈似道看來，開寶馬、賓士之類的，實在是不太符合他的性格，反而不如奧迪這樣的車來得輕鬆自在。

所有的一切，都在緊張而有序地進行著。

古玩人生

第八章

特殊感知能力升級運用版

在各行業，有自己特色的產品，都有極大的潛力。
賈似道之所以親自動手，
就是想把感知的能力，結合到翡翠雕刻上。
許志國對邊上的幾個人說道：
「你們也過來看看，這可是老闆的作品，
我忽然覺得，我有些愧對自己的薪水。」

待到第三天中午的時候，許志國終於從揚州那邊回來，給賈似道帶來了三位翡翠雕刻師傅。大家都是年輕人，只有其中一位年歲稍長一些，是個三十多歲的男子，隨著他一起來的，還有他的家人，一位看上去比較靦腆的女子，而且女子的手裏還抱著一個兩歲左右的女孩。

當賈似道見到許志國的時候，還是在臨海車站呢。

賈似道這位未來的老闆能夠親自開著車去迎接，倒是給足了這幾位新來的員工面子。不過，讓賈似道有些尷尬的是，一輛車怎麼能坐得下這麼多人呢？更何況，他們帶著大包小包的，拖著不少行李呢。

好在，除了許志國和那對夫妻之外，其他兩個年輕人倒是自己開口，要求另搭計程車跟在賈似道的車後面就行了，讓賈似道對他們的印象大好。

當然，還在路上的時候，許志國就笑著打趣了一句：「老闆，你終於有了自己的座駕了啊。」頓時讓賈似道有些汗顏。尤其是，許志國緊接著來了一句：「而且，能讓老闆親自開車來接我們，看來，我這一趟揚州之行很值得啊。」

賈似道更是沒好氣地對著副駕駛座上的許志國說了一句：「你要是真的感覺到榮幸的話，是不是應該支付一點車費表示一下呢？我也不多要，就扣你半個月的薪水吧。」

「哦，老闆，我的薪水，應該是『劉記』那邊支付的吧？」許志國好奇地問道。

「是啊。」賈似道答道，「不過，我相信，劉兄肯定很樂意少付你半個月的薪水的。要不然，你拿了薪水，再轉給我，也是一樣的。」

「老闆，你不會這麼狠心吧？」許志國心裏驚訝，「我只不過就是開個玩笑而已。」

「你說呢？」賈似道心裏一樂，臉上卻裝著一本正經的，轉而看到許志國的臉色，再度變了變，越來越難看了之後，才慢吞吞地說道：「好吧，看在你這趟揚州之行表現還不錯的情況下，扣你的薪水這事，就免了……說起來，我也只是開個玩笑而已。」

頓時，車內就傳出了一陣爽朗的笑聲，正是坐在車後座的男子和他的妻子。不過，那小女孩「咯咯咯」的笑聲，卻讓車上的幾個大人，轉而開始逗弄起這個粉嘟嘟的小女孩來。連賈似道，都被這個小女孩的天真可愛給征服了。

而到了廠房這邊之後，儘管許志國也不是第一次來這邊了，但是，以前還不覺得怎麼樣，這會兒，廠房內部全部裝修完畢之後，真讓許志國在心裏讚歎不已，更不用說其他三位了。

光是看這間廠房的規模和設置，想必，賈似道的翡翠店鋪，規模也不會太小吧？這可不是一間翡翠店鋪就能需要這樣的廠房來支援的。先前，對於來臨海這樣的小地方，心裏還感到有點勉強的三個人，這會兒也算是心情平復下來了。

當然了，賈似道可不管他們是不是因為高薪的原因，又或者是別的什麼原因。賈似道在自己的儲藏室這邊給他們安排好工作之後，又給他們在附近找了租住的房子。

如果僅僅是許志國一個人，還可以讓他暫時就住在儲藏室這邊，但是，這會兒有四個員工了，還有人拖家帶口的，賈似道也不好意思不給安排住的地方了。好在後山這邊，雖然也是屬於城區的，但是距離市中心還稍微有些距離，房子並不是很緊張，也不是很貴。

賈似道琢磨著，以後等到員工逐漸多起來，是不是應該買一棟員工宿舍呢？

要知道，這次的揚州之行，許志國是帶來了三位雕刻師傅，但是，翡翠成品的拋光工人卻一個都沒有。說不定，還需要依靠劉宇飛那邊，讓他幫忙先派一個拋光師傅過來呢。

「老闆，我看，這陣子翡翠飾品的拋光工作，還是由我先做吧。」許志國開口說，「反正，有了他們三位，在翡翠飾品的雕刻上，應該也忙得過來了。」

「好吧。」賈似道點了點頭，不過，私下裏，賈似道還是悄悄地問了一句：「他們三位的手藝，還過得去吧？」

「那是自然的。」許志國就差拍著胸口擔保了，「他們三位的作品，我都看過。尤其是楊大哥，他的手藝，即便是我，也自愧不如啊。」

「既然你都這麼說了，那麼，這邊就由你先安排著吧。我這幾天，還要去參加一個民間鑒寶大會呢，恐怕也沒什麼時間到這裏來了。」賈似道拍了拍許志國的肩膀，「另外，要是翡翠料子不夠的話，那些放在一樓的翡翠原石，你們可以先切開來，取出翡翠料子雕刻就成了。」

「老闆，你就放心好了。」許志國點了點頭，隨後才認真地說了一句：「謝謝老闆你的信任。」要知道，直到現在為止，許志國對於自己把整塊玻璃種帝王綠翡翠給切成了兩半，還耿耿於懷呢。

為此，賈似道也只能對他安慰地笑了笑，不再多說什麼了。至於二樓的翡翠原石，賈似道沒有提起，許志國自然不會去提，也不會去碰。而廠房的三樓，賈似道更是連帶都沒有帶幾個人一起上去過。

賈似道自己都因為忙碌起來，還沒有機會去三樓上面整理呢。而且，賈似道的地下室裏的翡翠原石，也都還沒有盡數運送過來。想一想，就讓賈似道有點頭疼的感覺。這攤子一下子鋪得太大，也的確是不容易啊。

好在，許志國回來之後，賈似道日趕夜趕雕刻出來的那件玻璃種帝王綠翡翠觀音掛件，已經基本完成，終於可以拋光了。

賈似道中午和幾位新員工一起吃了頓飯，下午安頓好他們之後，當晚，就把自己雕刻出來的翡翠掛件給送到了廠房這邊。賈似道又找來許志國，讓他給幫忙把把關。

畢竟，這可是賈似道第一件準備拿出手的作品呢，又是為王彪介紹的第一個高端客戶製作的，要是雕刻的技藝實在是太寒酸了，賈似道自己都不好意思拿出手。雖然，這件作品在賈似道看來，還是很不錯的。

「老闆……」許志國把翡翠掛件對著白熾燈光看了又看，久久沒有說出一句完整的話來，而邊上的楊哥幾人，自然也是在凝視著許志國手上的翡翠觀音掛件，一個個都睜大眼睛，呆呆地看著。恐怕，就是他們自己，也不會想到，剛來臨海的第一天，就能見到玻璃種帝王綠翡翠掛件這樣的珍品吧？

一時間，賈似道感覺到周圍的空氣，一下子就和眾人的目光一樣，凝固住了一般，讓他有些透不過氣了。

「怎麼樣？」等待了許久，也不見許志國說下去，賈似道不得不開口問了。

「真是出乎我的意料啊。」許志國放下手上的翡翠掛件，抹了抹鼻子，隨後對邊上的幾個人說道：「你們也過來看看，這可是老闆的作品，我現在忽然覺得，我有些愧對自己的薪水。」

「我也有這樣的感覺。」楊哥臉上的神情，也有了幾分怪異。至於另外一個姓趙的和一個姓孫的雕刻師傅，此時看了看賈似道，沒有發表什麼看法。

這讓賈似道的心有點癢癢的，不由得很鬱悶地對許志國說道：「我說小許，你就直接一點說啊，別賣關子了。」

「老闆，不是我不直接說，而是這件東西，真的很難說得出個所以然來。」許志國也很無奈，微微猶豫了一下，才接著說道：「要是按照市場上的評價來說，這件翡翠觀音掛件，除去材質上的優勢之外，無論是形狀，還是用料的規劃，都還算中檔水準了。不過……」

「不過怎麼樣？」聽到許志國說是中檔水準，賈似道的心裏倒也沒有什麼失望的感覺。

畢竟，他學習雕刻技藝時日尚短，能有水準之上的實力，已經很不錯了。只是，賈似道也知道，他的這件翡翠作品，自然不能以市場上的水準而論。如果是這樣的話，那麼，賈似道乾脆直接讓許志國來雕刻好了，至少不會讓王彪的客戶感到失望。畢竟，許志國的手藝，不說頂尖，也絕對算得上一流水準了。

但是，要說想給客戶一個驚喜的話，卻不得不由賈似道自己動手了。

不管是在什麼樣的行業裏，但凡有自己特色的產品，都會有極大的潛力。不是說，越是平庸的東西，市場上也就越是大眾化嘛。賈似道之所以親自動手，為的就是把自己的特殊感知能力，結合到翡翠的雕刻上去。

賈似道現在拿作品過來詢問許志國的意見，自然也是想要詢問一下，他的刀工到底怎麼樣。

許志國也很明白這一點，從賈似道開始學習翡翠雕刻開始，尤其是在許志國的面前，賈似道還示範了幾次之後，許志國就有點明白賈似道的舉動了。雖然，許志國一點兒都不清楚，為什麼賈似道能運用出那樣的刀法來。

「不過，現在暫時還不好說。」許志國看了看賈似道，歎了口氣道：「從現在的表面情況來看，老闆你雕刻的手藝，那還真是沒話說。不過，我們這樣的行內人能夠看得出來，其他人能不能看得出來，就不好說了。另外，這件翡翠作品還沒有進行拋光呢。我琢磨著，這樣的作品，哪怕就是我，也不好貿貿然地就去拋光了。萬一……」

「你是擔心，萬一把上面雕刻的痕跡給拋除掉，對吧？」賈似道頓時就明白過來，許志國擔心的是什麼了。雖然，賈似道不懂得拋光的技藝，也不明白拋光的過程是怎麼樣的，但是賈似道卻明白，翡翠成品之所以看著那麼順滑、圓潤、光彩奪目，確實不是簡單的雕刻就能夠達到的。

至於許志國所說的，擔心普通人看不出這件翡翠觀音的價值，賈似道卻一點兒都不擔心。自己面對的，可是高層次的收藏者，又或者是富豪，只要東西確實有價值了，其他人會不會欣賞，就不是他要考慮的了。難道畢卡索的油畫，每一個收藏的人，都能明白其真正的珍貴之處？

所以，賈似道很坦然地說：「小許，你就大膽地去拋光吧，說實話，我也很想看看，這東西最終會是怎麼樣的呢。」

在隨後一天的時間裏，賈似道約上阿三，一起來到翡翠店鋪這邊。裝修的員工們依然在不緊不慢地忙碌著。賈似道和阿三隨意地看了看，整個翡翠店鋪的效果已經非常明顯了，從正門口進去，自然是和古玩街上大多數的店鋪一樣，顯得古色古香的了。店面不僅全部使用原先的木結構，就是在店鋪裏，比如櫃檯、轉椅等，也都是以木製為主。

賈似道可不敢在古玩街這邊，弄出一些太過現代化的東西來。不說那些老一輩的人對這樣的風格不接受吧，就是和整個古玩街的氛圍，也會產生很大的衝突。到時候，惹來一些不必要的非議，就不是賈似道希望看到的了。

當然了，櫃檯上面的玻璃，牆壁上的櫃櫥，以及店鋪內的燈光等設施，是完全按照一個豪華的翡翠店鋪的格局標準來定制的。要不然，原先那麼陳舊的鋪陳，也不需要花費這麼多時間來裝修了。賈似道還不如一點都不裝修，直接用前一任店主裝修的那樣，稍微整理一下就開業了呢。

不過，看著看著，賈似道對現在的裝修效果很滿意。

雖然燈光還沒有全部打開，有些地方的細節之處，比如壁櫥上不少分割開來的區域，其中包括掛翡翠掛件，或者是擺放不同形態的翡翠飾品的格子，以及格子背後的背景設計等，都還沒有做到盡善盡美，卻也能看出這個店鋪的不凡之處來。

站在門口的位置，左手邊，是通向二樓的樓梯。

在古玩街這邊開翡翠店鋪也好，開古玩店鋪也罷，總是需要一些層次感的。一樓的地方，在樓梯邊上的牆壁，以及樓梯下的區域，都鑲嵌滿了光亮的玻璃壁櫥，佈滿了細小的彩燈。甚至為了增加展示的櫃檯位置，在靠近樓梯的地方，還特意建起一堵雙面的玻璃牆壁來。

而在右手邊的地方，自然就是和尋常的珠寶店鋪一樣的一溜玻璃櫃檯了，其間也分成了上中下三層，大多是用來擺放翡翠飾品中最為常見的手鐲、戒面，還有一些胸針、耳釘之類的。而在櫃檯後面靠牆的地方，還是玻璃櫃櫥，可以懸掛一些翡翠掛件飾品。

要知道，任何一件可以懸掛在脖子上的翡翠飾品，陳列時就是懸掛在牆壁上的話，在外人看來，終歸要比直接擺放在櫃檯裏，要來得直觀得多吧？這完全符合普通人的心理作用。

當然了，最重要的還是翡翠店鋪的二樓。那裏，是賈似道用來對翡翠店鋪的會員開放的，更多的翡翠珍品，比如血玉手鐲，也只會出現在翡翠店鋪的二樓。

「我說小賈，我們不如去二樓看看？」邊上的阿三，看著賈似道臉上露出來的幾分欣喜神色，便邀請著說道：「上面的裝修可是已經完成了哦。」

「真的？」賈似道心裏一喜，「那還等什麼啊。」

說著，賈似道也不等阿三回話，就率先走上了二樓。樓梯的材質是木製的，不過，在此基礎上，裝修公司的人對樓梯也進行了一番改造，讓這條「古老」的樓梯，跟整個店鋪的風格更加融合。

當賈似道剛走上二樓的時候，很懷疑這裏是一家翡翠店鋪，就像是來到了一個私人會所。沒有他預先想像中的那樣，有許多展示翡翠飾品的櫃檯，也沒有像一樓那樣在四周的牆壁上有不少櫃櫥。猛然間，入到賈似道眼中的，是一張玻璃茶几，邊上圍著三張沙發，賈似道心裏還有著不少疑慮。

不過，阿三卻大大方方地坐到沙發上，然後拍了拍身邊的位置，說道：「怎麼，大老闆，你還站在那邊做什麼？不過來坐坐？」

「我說阿三，這地方該不是特意為你準備的吧？」賈似道看著阿三整個人靠在沙發上很舒暢的樣子，不禁嘀咕了一句：「我說你怎麼每天都能安安穩穩地待在這邊呢，敢情還特意讓人裝修了專門供你休息的地方啊。」

「我有你說的那麼不堪嗎？」阿三聳了聳肩膀，「哦，就為了享受一下這裏的沙發，我就一整天都坐在這邊了？我說小賈啊，我可是一天到晚地忙碌著啊，連丹丹都沒時間顧得上……」

「行了行了。」賈似道伸手制止了他，「我不過就是說說而已。不然，等我的店鋪開業了，我請你們兩位出去旅遊一趟？」

反正剛才的話，賈似道也不過是打趣一下阿三而已。不過，坐下之後，賈似道才發現，這沙發的舒適性自然不用說，就是眼前的這個茶几，也有些別致的設置，比如，在茶几下面特意安裝的燈，在茶几的底下有幾個似乎是用來陳列翡翠珍品的玻璃格子。

「嘿嘿，那我就先代我們家丹丹謝謝你了。」阿三臉上滿是笑容，轉而看到賈似道臉上微微露出的幾分驚訝，不由得很得意地說道：「大老闆，你是不是發現了其中的一些玄機啊？我告訴你，這還只是一個開始呢，你看沙發的邊上……」

賈似道聞言扭頭看去，在沙發的邊上，大約和沙發的扶手齊高之處，竟然也還有一個小型展示台，至於邊上的燈光設備就不用說了。在裝修剛開始的時候，賈似道就特別囑咐過，店鋪內的展示台用什麼樣的格局，都由裝修公司的人說了算，但是，燈光一定要達到頂級效果。

展示翡翠飾品，最需要的外在條件，就是燈光。

在不同的燈光下，翡翠飾品展現出來的魅力，就完全不是一個等級的了。作為在翡翠一行混跡有些時間的賈似道，又怎麼會不明白這一點呢？

所以，不管是二樓也好，一樓也罷，燈光條件的營造可算是費盡了設計人員的心思了。賈似道心裏有些明白過來，這二樓的設置，還真的有點專門為大客戶量身定制的感覺了。

各方面都準備齊全了，但是賈似道忽然發現店名還沒有起，於是他琢磨半天，否定掉的名字有十幾個，最後他靈機一動，翻開家裏的一本唐詩宋詞時，發現了李清照的《如夢令》，裏面有一句：

「知否？知否？

應是綠肥紅瘦。」

如此詩句，再加上李清照這位才女的名頭，無疑是最符合翡翠的描述了。當即，賈似道就打了個電話給阿三，說了自己的想法，電話那頭的阿三自然是一拍大腿，贊了一句，然後，向賈似道要了身分證明資料和公司的資產情況等資訊，就興致勃勃地去註冊翡翠珠寶公司了。準確地說，應該是「綠肥紅瘦翡翠珠寶公司」。

電話這頭的賈似道，看著電腦螢幕上打出的這四個字，嘴角浮起一絲微笑，而腦海裏則在琢磨著，他店裏的不少翡翠飾品，都可以把圖片給掛到「天下收藏」論壇上去，在網路上讓大家先睹為快。不說吸引一點人氣和關注度吧，光是自娛自樂一番，在論壇裏隨意熱鬧一下，也是個很不錯的消遣。

要不是「天下收藏」這個論壇，賈似道又怎麼會認識劉宇飛、王彪這樣翡翠一行的大家，又怎麼會這麼快就入了行呢？

參加古玩鑒寶節目的日子終於到來，這一天，賈似道起得很早。按照紀嫣然的吩咐，賈似道先是匆匆地吃過了早飯，然後和紀嫣然在別墅區的門口會合，一起去往古玩鑒寶大會的現場。臨出門之前，賈似道還特意破天荒地站到鏡子跟前，整理了一下自己的衣服。雖然在穿著上，古玩鑒寶大會並沒有做什麼特別的要求，賈似道一貫也是穿得很休閒的，但是，也需要注意一下得體不是？

對於即將到來的電視臺的攝製，賈似道的內心裏，多少還是有些忐忑的，並不像表面上這麼輕鬆和自在。

等到賈似道和紀嫣然一起趕到鑒寶大會活動的現場時，時間還早。整個古玩鑒寶大會的會場，設在古玩街的最西端，有一個空出來的四合院，邊上還有一排民房，以前是用來做幼稚園的，這會兒卻成為了專家的鑒定現場。再往邊上過去一點，就是臨海市的人民影劇院。

所以，賈似道和紀嫣然的車，自然是停靠在劇院門口的廣場上了。不過，在下車之前，兩個人就感覺到了氣氛與平時很不同。

賈似道不是沒來過這邊。就在幾天前，紀嫣然剛告訴他，最後決定的古玩鑒寶大會的會場，是坐落在古玩街的最西面的時候，賈似道就曾自己一個人到這裏來踩過點。那個時候，還不是週末，人流的往來一點都算不上擁擠。在賈似道想來，到了週末的時候，古玩街最為熱鬧的地方，自然是靠近南端的那一段了。所以，再怎麼擁擠，也不至於到了人山人海的地步。

只是，賈似道和紀嫣然剛一下車，感受到的氣氛卻分外火熱。如同夏末的最後一陣炎熱一樣，在叫囂著，今年的秋天還沒有到來。賈似道看到前面的人群中，正在排隊的收藏愛好者，有些人的臉上，在這麼一個不太熱的早晨，就開始隱隱冒出一些汗水來了。

「還真是沒想到啊。」賈似道嘀咕了一句，「一次縣級的古玩鑒寶活動，就能彙聚了這麼多收藏愛好者，怎麼在平時，我就沒見著咱臨海地區有這麼多收藏愛好者呢？」

「平時這些人沒有什麼理由聚集到一起唄。」紀嫣然在經過最初的不適應之後，很快地就反應了過來。聽到賈似道的話，她不禁沒好氣地白了賈似道一眼，說道：「我看啊，我們還是儘快進去吧。要不然，即便我們有證件，到時候也不太好走了。」

看著越來越多的從四面八方趕來的人流，賈似道很以為然地點了點頭。

所幸，在舉辦這樣的活動之前，主辦方就預料到了現在這樣的情況，所以，在賈似道和紀嫣然到來之前，整個活動的現場就有不少工作人員在維持著秩序了。賈似道粗略地掃了一眼，就看到，在原本幼稚園的房子前，聚集著的人數是最多的，幾乎排成了十幾排，每一排的人數，從幾十到上百人不等，手裏則是拿著大包小包的，看他們一個個小心翼翼的樣子，不用賈似道猜也能明白過來，那些自然就是收藏愛好者們珍藏的古玩了。

其中還有不少人，在排隊期間也會三三兩兩地湊在一起，互相交談討論著。而在靠近那間小院子民宅的地方，排隊的人則要稍微少一些。

紀嫣然注意到賈似道的目光，解釋了一句，說道：「最熱鬧的這邊的人員，都是還沒有登記的。只有拿到了登記的號碼牌，才能去小院子那邊排隊，等待專家的鑒定。有些雜項類的雕刻，或者是大型器物，則在邊上的那個場地上，進行初步的鑒定工作……」

「那我們去哪邊呢？」賈似道問了一句。

「自然是鑒定珠寶玉石的地方了。」紀嫣然笑著答了一句。她從排隊的人群的邊上，走向靠近小院子的一個露天搭起來的篷子，出示了證件，詢問了一下之後，才在工作人員的帶領下，和賈似道一道從側面進入到小院子裏。

這個時候賈似道才發現，整個院子，除去一面是大門之外，其餘三面被分成了好幾間房子。雖然房子的外牆有些陳舊了，散發出一些古韻，但是總體的空間算起來，也還是比較大的。而此時的大門，自然已經敞開，一些較早時候就過來的登記好了的收藏愛好者，根據自己的東西的類別，聽從工作人員的安排，進入不同的房間，去讓專家們鑒定。

「兩位，玉石珠寶的鑒定和雜項的鑒定是在一起的，這邊請。」前面領路的工作人員，一邊走著一邊對賈似道做著引導。賈似道看了一眼其他幾間房的門口，上面都掛有諸如「字畫」、「瓷器」這樣的標牌。非常顯眼，一目了然。

而賈似道和紀嫣然進入到掛著「玉器」、「雜項」的空屋子之後，就看到正對面的牆壁上，掛著「臨海市民間鑒寶大會」的橫幅。在橫幅的下面，則是一溜長桌子，左邊屬於玉石珠寶的鑒定，右面則是雜項。桌子上面擺著不少標牌，應該是邀請過來的各個專家的名字。這會兒，桌子後面已經坐著不少人了。

當然，除去賈似道和紀嫣然之外，其他一些專家看上去年紀都比較大。他們各自需要鑒定的專案，也沒有分得很細很清楚。比如說，周富貴大叔，這會兒就坐在珠寶玉石這邊的中間位置，除去軟玉類的鑒定之外，其他一些奇石類的，他也會順帶著幫忙鑒定一下。看不太準的時候，也可以詢問一下邊上其他擅長奇石類鑒定的專家，美其名曰專家討論。

看到賈似道和紀嫣然到來，周富貴大叔自然是笑呵呵地站了起來，給賈似道二人介紹了一下，因為大家都是行裏人，這會兒相互之間也都是比較客氣。他們各自問著好，說著一些珠寶玉石行內的事情。畢竟，這樣的聚會，對於賈似道而言，所能接觸到的行內人，也都在這個屋子裏了。

賈似道在古玩街這邊開翡翠店鋪，說不定以後，就有需要用到眼前這些人的時候呢。

至於賈似道的位置，在最靠左邊的地方，再往左手面去就是角落裏的通道了，而右手邊，不知道怎麼的，竟然不是紀嫣然，而是一位模樣比較精瘦的老者。這多少讓賈似道的心中，微微地有了幾分失望的感覺。

再看了一下自己面前的標牌，寫著的是「綠肥紅瘦翡翠公司董事長賈似道」的名號，倒是讓賈似道的心裏有了幾分驚訝的感覺，甚至還有幾分欣喜。賈似道對著間隔了好幾個位置，坐在珠寶玉石鑒定最靠右邊的紀嫣然，點頭示意感謝了一番，隨後，又和邊上坐著的老者也打了個招呼，好歹，他也是暫時的「鄰居」了。

正當賈似道琢磨著，是不是需要開始鑒定工作的時候，從門外又走進來了幾位鑒定專家。這其中，還有賈似道以前在省城珠寶玉石檢測中心見過的熟面孔。賈似道微微訝異，招呼了一聲，說道：「王哥，您也來了啊？」

「喲，小賈，老王我還真沒想到，你也在這邊啊。」老王從隨行的幾人之中，快步越了出來，對賈似道說道：「我就應該想到的，小賈，你可是翡翠方面的高手了。」

「呵呵，哪裏哪裏，和王哥你比起來，我這樣的，只能算是業餘的了。」賈似道客氣地說道。

「話可不能這麼說啊。」老王搖頭感歎著，「如果是在檢測中心裏，我肯定也不會和你謙虛，畢竟，在檢測中心那邊，任何東西都是需要靠檢測資料來說話的。但是，這是在鑒寶活動上，大家也就是依靠著一些簡單的工具來判定，更重要的，還是需要靠各自的眼力。」

話語中的意思，老王自己也明白，純粹靠眼力，還是有些比不過賈似道的。

賈似道心裏也明白，要不是他有著特殊感知能力的依靠的話，說不定，即便就是眼力，也比不過老王這樣長年累月和珠寶玉石打交道的老手呢。不過，老王的這些話，可是遠要比先前周富貴介紹賈似道的時候，來得影響大。

老王可是代表了省城的玉石珠寶檢測中心啊。所以，就在賈似道和老王寒暄過後，其他一些專家看向賈似道的眼神，就和先前的時候有了些許不同。

就這麼陸陸續續的，時而有專家到來，待到屋子裏所有位置全部坐滿之後，周富貴大叔才吩咐門口站著的工作人員，示意可以讓那些珠寶玉石類的藏友們進來了。

每一次進來的玉石珠寶類的藏友，不會超過二十名。賈似道注意了一下，除去雜項組那邊的專家不算在內，玉石珠寶類別的專家，就坐了十來個，這一批剛進來的藏友，幾乎都能找到專家一對一地進行鑒定。

而在程序上，也是鑒定完一個，走一個，每走出去一個，門口的工作人員就會又放進來一個，也算是比較有秩序的。整個屋子，已經被很好地分隔成了兩堆人。一邊是屬於珠寶玉石的，一邊則是屬於雜項的。

要說藏友方面還有些交流的話，那麼，在鑒定上，專家們則是互不干涉。

看到這個活動剛一開始，賈似道原本還下意識地搓了搓手，頗有點躍躍欲試的感覺，想要憑藉著特殊能力的感知，在這裏大顯身手一下。可以更好地推廣自己的「綠肥紅瘦」翡翠店鋪呢，也算是賈似道來到這裏的初衷了。

不過，讓賈似道很鬱悶的是，他在古玩收藏這一行，實在是顯得有些太過年輕了。

不說其他因素，就光是從長相上來看，賈似道就不像是一個資深專家。在群眾的眼裏，專家都應該是上了年紀的人吧？再不濟，也應該是像老王或者周富貴大叔這樣的，年紀在四五十歲左右的。而現在，整個珠寶玉石鑒定的專家群中，只有紀嫣然和賈似道比較年輕。

但是，紀嫣然是個女人啊，而且，還是個很漂亮的女人，自然不乏一些年輕的收藏愛好者前去捧場了。

而賈似道這邊，所在的位置都靠邊了不說，人也顯得太嫩了。在收藏一行，嫩了，就是靠不住的意思。所以，在這第一批進入屋子的收藏愛好者中，竟然沒有一個主動走到賈似道面前，讓賈似道來幫忙鑒定一下的。

這其中的鬱悶，也就只有賈似道自己知道了。

賈似道抬眼打量了一下整間屋子，剛進來的這二十個人，他們在面對專家的時候各自的表現也是大不相同。其中就有幾個，還相互推搡了一陣子。畢竟，大夥兒都是排隊進來的，到了這會兒都進到屋子裏了，按說應當也不在意這麼一點時間了。只是，幫忙做鑒定的專家並不是只有一個，每個人的眼力有高有低。對於收藏愛好者而言，機會自然也是各不相同的了。

所以，賈似道算是看明白了，大夥兒爭來爭去的，無非也就是衝著坐在長桌子最中間的那幾位專家去的。

在賈似道看來，周富貴大叔和老王這幾個人，無疑是最忙的鑒定專家。一邊有手上的東西需要鑒定不說，後頭還有人跟著在排隊等待著呢。而排在紀嫣然的位置跟前的，則是以年輕男子為主。任誰在鑒寶活動的時候，看到有如此美麗的女子，還是這一行的專家，都會好奇地衝上前去，讓她給瞧瞧吧？

不管鑒定的結果對不對，算不算得數，能和紀嫣然說說話，也是好的。

至於賈似道邊上的老專家，或者是因為年齡的原因吧，這會兒也是忙碌得很。也就剩賈似道這麼一個閒人了。忽然間，賈似道覺得，自己這一趟過來，有點白來了。賈似道的臉上露出了一絲淡淡的微笑，以一個非鑒定專家的姿態，來冷眼旁觀著眼前的場景，倒也讓賈似道琢磨出很多東西來。

眼前這些來民間鑒寶大會做鑒定的人，在他們中間，也有著大不相同的身分。

其一，他們本身就是行裏人，而且，大多數還是古玩小販，就好比古玩街的小馬這樣的人，拿自己收上來的東西給專家們看看。如果東西對的話，最好再有個證書什麼的，然後，以後出售的時候，就可以拿這個說事了，手上的東西也會容易脫手一些。

其二，就是人數最為廣泛的收藏愛好者。經常在古玩街這邊閒逛的人，偶爾遇到了好東西，自己看中了的，也會收上來一些。這會兒來到鑒寶大會的現場，是想通過專家們的鑒定，來確定自己的藏品究竟是不是對的。

這第三種，則是普通老百姓，受了最近這幾年收藏熱的影響，家裏祖上一輩可能留下了一點什麼東西來，自己看著也不太明白。這不，趁著鑒寶大會期間，拿過來給專家們瞧一瞧，看家裏的東西究竟能值多少錢。

此外，就是一些趁機過來湊湊熱鬧的人了。他們本身並不懂古玩收藏，看到活動的宣傳，或者偶爾從古玩街這邊遊玩路過的時候，買下了一件自己喜歡的東西。這會兒，有了專家來現場做鑒定，自然想要過來撞一下大運了。說不定，他們手上的廉價東西就是真品呢。

所以，賈似道琢磨著，以他這樣的年紀，想要第三類或者第四類的人把東西送過來給他鑒定，實在是有些不太可能的。這樣的人，大多數會認為，只有年紀大的專家幫他們看了，他們才會放心。

不過，既然賈似道已經坐到了專家席位上，整個屋子裏的收藏愛好者的人數又要比專家的人數多上幾位，賈似道的面前是不可能真的一個前來鑒定的人都沒有的。這不，賈似道等到別人都鑒定好了一兩件物品之後，終於迎來了第一位向自己請教的藏友。

這個時候，賈似道反而在心裏有些感謝起主辦方的考慮周全了。

賈似道注意到，眼前的這位老頭子，原本是排隊等待著邊上的老專家鑒定的，不過，也許是因為前面還排著兩位藏友吧，老專家察看東西的速度也比較慢，賈似道這邊剛好空著，他便想要圖個方便，讓賈似道來幫忙看看。

於是，賈似道煞有介事地拿起了老頭子帶來的一隻翡翠手鐲，仔細察看起來。

第九章

鑒寶大會

每一個人都是帶著很大的期望來的。
先不說東西一定是對的，但凡前來鑒寶大會的人，
就是指望自己的東西是真的，不是造假的，
此外，就是關心自己的東西的價格了。
想要以平民百姓的身分，
把自家藏著的「寶貝」給亮出來，
可著實不是件容易的事情。

手鐲的顏色還算可以，綠色不是很濃翠，裏面也夾雜著不少雜質，看上去有點渾濁，所以，透明度並不是很好。而在質地上，應該是屬於冰種和豆種之間的。賈似道一邊用手觸摸著，一邊在心裏尋思著，這樣一隻翡翠手鐲，應該是有些年頭的了，說不定，會比眼前的這位老頭子年紀都要大上一些呢。

果然，賈似道還沒開口呢，老頭子就說話了：

「這只手鐲是我當年和老伴結婚的時候，她從娘家那邊帶過來的，有好些年頭了。我以前給幾個專家看過，他們都說這只翡翠手鐲很好，很有收藏價值。這不，我這次過來，就是想問問，這只手鐲能值多少錢。」

說著，他用很期待的目光看著賈似道，等待著賈似道的回答。

賈似道自然不可能直接就說出市場價值了，既然都在這邊鑒定了，自然要做足了鑒定專家的樣子。總不能每拿到一件翡翠飾品，就直接用特殊能力感知一下，再直接說出翡翠飾品的特徵，然後就說明價格吧？

這一次的主辦方，因為考慮到有電視臺參與攝製，要求專家們在鑒定的時候，儘量地給出一些評語。

要不然，賈似道以前就在私下裏聽周大叔提過，很多時候，專家們鑒定的過程並不會很仔細，一旦看到專家們自己都沒什麼把握的東西，大多會往不好了說，或者就說價值不高。到時候，真要有個什麼差錯的話，也還有挽救的餘地。比如說，那會兒自己沒仔細看，打眼了之類的。

但要是往好了說的話，收藏者們自然是高興了，但是東西的真假，專家們都沒有把握，自然存在著不少疑點。要是以後發現這玩意兒是假的，那麼，這個說東西是真的專家，就會被人記恨了。

相反，一開始說東西不對，以後發現東西是對的，那麼，大多數的收藏愛好者，哪怕就是普通老百姓，都不會和那個說東西是假的專家計較。

此外，在確定東西是真的時候，專家們所給出的價格，也大多會虛高一些，無非是討個好罷了。甚至有些時候，專家們為了炒作自己的名氣，他們連自己都拿不準的東西，也能往十幾萬幾十萬的價格上去報呢。

這樣的事情，賈似道可沒少在電視報紙上看到過。

這會兒，賈似道一邊聽著老頭子對這只翡翠手鐲的述說，一邊用上了放大鏡、強光手電筒等常備工具，認真地檢查起這件翡翠手鐲來。和自己一開始的判斷，並沒有什麼誤差。開始估價的時候，賈似道微微猶豫了一下，最後，還是決定按照正常的市場價格來報。

只是，眼前的老頭子一聽賈似道說東西是真的時候，臉上的笑容還是非常明顯的。但是，聽到賈似道說出來的價格之後，神情卻有些愕然了。

賈似道不由得苦笑著，說了一句：「老大爺，這個價格只是我的初步估計，拿到市場上，應該還會有升值的空間。」

「這樣啊。」老頭子臉上的神情，這才算有點恢復到正常狀態，說道：「那就先謝謝你了。不過，我看，我還是找老專家們再仔細看看好了。這可是好幾十年了的翡翠手鐲，怎麼可能就值這麼點錢呢？」話語中的意思，竟然還有幾分懷疑。

賈似道說著：「這個翡翠，不像其他古玩，年代越久就越好。你看，這只翡翠手鐲上的雕工，比起現代的雕刻工藝來，就有些不如了。而且，在水頭上，這只翡翠手鐲也還是存在不少缺陷的。」

賈似道看到老頭子那有些懷疑的眼神，不禁又扯到別的地方去，想要轉移一下老頭子的注意力，說道：「不過，如果說這只翡翠手鐲還有些歷史價值的話，那這只手鐲的價格就大不一樣了。」

要知道，賈似道這話可是大實話。就說是清朝慈禧太后這位人物吧，她的為人怎麼樣暫且不說，但是，她用過的東西可都是珍品啊。很可惜，眼前這只翡翠手鐲的年代，久遠是久遠了，卻沒有什麼特別的歷史故事，也沒有和哪位歷史上的大人物搭上關係。

不過，很顯然的，眼前的老頭子，又誤會了賈似道的意思，開口說道：「我這只翡翠手鐲，可是我老伴陪嫁的時候帶過來的，有著很高的歷史紀念價值的啊，是不是價格也會高上許多呢？」

這麼一來，賈似道又有些無語了。好在，和老頭子具體地解說之後，這位老頭子就有些興趣索然地離開了。或許，直到他離開的時候，還是有些不太明白，同樣的一隻翡翠手鐲，為什麼在不同的專家眼裏，就會有不同的價格了呢？

也許是看到有人從賈似道這邊鑒定之後離開了，接下來的時間，賈似道倒也開始忙碌起來。而且，經過最初的無序之後，這會兒，但凡進入屋子的藏友，對於他們手上的東西的類別，也分得更加細緻了一些。

因為外面等候著的藏友，人數實在是出乎主辦方的意料，要是按照先前這樣的速度，不要說今天上午了，就是加上下午和晚上的時間，恐怕也不能滿足所有藏友的要求。所以，周富貴大叔起頭，大家討論了一下，便開始了重新分配工作。

就比如說拿著碧玉類的玉石藏品的藏友，屋子門口的工作人員，就會指示著他們到周富貴這邊排隊等候，而拿著翡翠類飾品的藏友，工作人員就會視情況，指引他們到紀嫣然或賈似道這邊來做鑒定。

如此一來，十來個專家，幾乎每個人都有些忙不過來了。

對此，周富貴的臉上表現得笑意盈盈，讓賈似道心裏不由自主地就琢磨起來，周大叔之所以提出這樣的建議，是不是他看到剛開始的那段時間裏，賈似道特別清閒，而其餘幾位比較忙碌，而特意針對賈似道才搞出來的舉措呢？

當然，猛然間看到自己的面前，等待著鑒定的藏友排起了隊伍來，賈似道的心裏，還是微微有幾分激動的。他手忙腳亂的，開始加快了速度，又因為特殊感知能力的幫助，賈似道也不怕自己在忙亂中出錯，對於鑒定的翡翠飾品的評說，也越來越自然。很多時候，他還說得頭頭是道，不說是引經據典吧，卻也足以讓前來做鑒定的藏友，沒有任何雞蛋裏挑骨頭的機會。

不過，賈似道也算是發現了，不僅僅是古玩行裏的其他一些類別，比如瓷器、書畫之類的，每一件藏品的背後，都有一個耐人尋味的故事。就是翡翠一行，大多數的藏友，但凡是前來做鑒定的，也都會說上一小段關於自己藏品的故事。不管是真實的也好，虛假的也罷，每個人都說得有模有樣的，叫人聽著，愣是生不起一絲脾氣來。

很多時候，賈似道倒是覺得自己不像是在這邊做著古玩鑒定的工作，反而更像是在茶室裏，一邊品茶，一邊聽著故事的閑客了。

約莫過了一個小時，屋子的大門關閉了十來分鐘，這是給諸位專家休息的時間。賈似道心裏一樂，他去了一趟廁所，回來之後，和周大叔、老王幾人寒暄了幾句，交流了一下剛才鑒定的時候發生的趣事。

在見到紀嫣然的時候，賈似道也沒什麼特別的表示，只是問了一下：

「紀小姐，剛才出去的時候，我看到了有好些電視臺的人員和攝影機，忙得不亦樂乎。但是，怎麼就沒看到他們進我們這個屋子裏來拍攝呢？」

要說翡翠在古玩行裏還算是冷門的話，那麼軟玉一類，甚至奇石類的田黃、青田石、雞血石，卻絕對是屬於熱門的了。每一次的鑒定大會上，可都少不了這些玩意兒。

而且，在這間屋子裏，還有著雜項組的鑒定專家呢。怎麼都沒見到電視臺的人，帶著機器進入到這裏拍攝呢？

「現在？」紀嫣然甩了甩手，也許是剛才一連串忙碌的鑒定工作，讓她的手有了幾分酸楚：「這個時間還早著呢，這才剛過了一個小時而已。別看我們鑒定的時候，都已經開始進入正題了，但是，外面的廣場上，等待著的藏友們卻逐漸地增多起來。所以啊……」

「所以啊，我這麼心急火燎的，是不對的，對不？」賈似道笑著答了一句。

「噗哧」一笑，紀嫣然不由得給了賈似道一個「算你聰明」的眼神。

紀嫣然抿了抿嘴，說道：「不過，小賈，這回電視臺錄製的節目，有點別出心裁，在以前，可是從來都沒有嘗試過。以前在錄製之前，不管是對於要鑒定的古玩，還是來鑒定的專家，都是事先通知到位的。這一次，卻有點不太一樣。」

賈似道皺了皺眉頭，說道：「不是吧？難道他們還會拍攝我鑒定時的畫面？」賈似道心裏還有著幾分小小的激動。

原本，賈似道還以為拍攝的時候，無非是給所有的專家一個畫面，然後就是針對其中安排好的某個專家，讓他來鑒定。

大多數的鑒寶大會的場面，都是這樣拍攝出來的。甚至有時候有什麼樣的說辭，都是規定好了的。對於這樣的安排，賈似道也沒什麼好說的。但要是這次有了一些新奇的地方，賈似道卻感覺到了幾分好奇。

正想著呢，紀嫣然就俏皮地對著賈似道說了一句：「這可說不定哦。」

隨後，見到賈似道一愣的神情，紀嫣然才解釋道：「你剛才也看到外面廣場上的拿著採訪話筒的人，有不少吧？」賈似道點了點頭。

紀嫣然繼續說道：「他們可都不是專業的主持人，而是對於收藏方面有些興趣愛好的名人！」

「名人？」賈似道不禁脫口而出。

「是啊。」紀嫣然看著賈似道的表情，有些不以為然地說道：

「他們可都是各行各業裏的小有名氣的人了，就像是我們這些專家相對於古玩行業一樣。比如，吉利汽車的總經理，或者是台州中學裏的特級教師等等，他們在各自的領域裏，也算是比較出名的了。當然，還有幾個電視臺裏出名的主持人，他們原本是主持娛樂節目的，今天是來客串一下，當古玩鑒寶大會的節目主持人。」

「難怪呢，原來是這麼回事。」賈似道點著頭，苦笑一下，說道：「一開始的時候，我還以為都是明星呢。咱臨海這邊，還真沒什麼上得了臺面的大明星。」

「小賈，這可不一定哦。」也許是賈似道說話的聲音大了幾分吧，邊上的周富貴插口說道：「是不是大明星，也要看是哪個方面的。」

「就好比吉利集團的老總，你能說人家就不是名人？」周富貴笑著說道，「人家能把一個『吉利』品牌做到如今這麼大，在咱臨海地區，絕對算得上是個大明星了吧？」

「我說周大叔，您怎麼不說您也是個大明星呢？」賈似道有些好笑地看著周富貴，「要知道，您的『周記』，也是很出名的了。剛才我在鑒定的時候，就聽好幾位藏友說了，其中還有一個是溫州那邊的，今天可是專門衝著您老人家來的呢。結果，因為東西是翡翠方面的，才被分到了我這邊來。我給他們的東西做鑒定的時候，人家還老大不樂意呢。」

「真的？」

周富貴有些後知後覺，驚詫地說道：「早知道這樣的話，我也去鑒定翡翠好了。哪像我這邊的碧玉和奇石類的，忙得我都快喘不過氣來了。說不定，到時候小賈你可以過來幫幫我啊。」

一席話，說得賈似道和紀嫣然兩個人輕笑不已。就連省城那邊的老王，也微微地頷首笑著。

「對了，紀丫頭，你們說的這個電視節目，到底是怎麼回事啊？」周富貴問紀嫣然，「我可沒有做好上電視的準備啊。到時候，可別把我給拍進去。」這話說完，周富貴還大有自己是低調的，一定要保持低調的架勢。

賈似道都準備好好地反駁一下他了。

「周大叔，您要是不出現在電視上的話，到時候，我可不好跟阿麗交代啊。」紀嫣然笑著打趣道，「她可是昨晚就告訴我了，您今天來鑒定現場這邊，肯定會認真地梳洗打扮一番，要是在平時的話，可不多見哦。」

「那丫頭，真是多嘴。」周大叔聞言，憤憤地說了一句。不過，明眼人都能看出，他對於口中的「那丫頭」沒有絲毫責怪的意思。

看到除了周富貴、老王之外，其他幾位專家這會兒也聚到了這邊來，紀嫣然索性把話說得更明白一些：「大家在事先的時候，應該都知道，這次的鑒寶大會，會有電視臺參與吧？不過，這一次，電視臺那邊可是準備要製作一期大型鑒寶節目，就是針對我們這次的鑒寶活動的，應該會出動十幾位主持人。」

「十幾位主持人？」紀嫣然這邊話還沒說完，專家中就有人小聲嘀咕了一句。

「是的。」紀嫣然點了點頭，「是有十幾位。不過，要說專業主持人的話，也就那麼一兩位吧。其他的，都是各行各業頗有些名氣的人出來客串的。他們的共同特點，就是對古玩一行有著一定的眼力。」

對於這一點，賈似道不置可否。或許，在其他行業中，的確有不少古玩一行的行家，但是，要說那些什麼主持人、總經理、教師，每一個都有很高深的鑒定眼力的話，那麼，還要現場的這些專家做什麼？甚至於，賈似道都覺得，說那些客串主持人的人，應該是收藏愛好者更加適合一些。

不過，因為紀嫣然的身分也是講師，這會兒，賈似道內心裏的想法，自然是不會說出來的。他看了看邊上幾位專家的眼神，大家都是心知肚明，很有默契地都不說出來。

「而整個節目的錄製程序，則是先由這幾位主持人在廣場上進行選擇各自的採訪對象。要是看到有哪位藏友的作品是他們認識的，或者是真東西，或者是做舊的，或者乾脆就是老仿的，只要是主持人鑒定對了就行。」紀嫣然解釋道，「然後，主持人就會帶領著他們鑒定好的東西和藏友到各個分類的專家面前，進行最終的鑒定。」

「也就是說，這些主持人之間，也是在比賽的嘍？」賈似道聽著聽著，倒是有些明白過來了，這就是電視臺特意製造出來的噱頭啊。古玩本身就是神秘的，單單是古玩鑒定的話，或許也只有對收藏一類有愛好的人，才會成為觀眾。但要是把各行各業的名人都給拉進來，再進行古玩鑒寶的比賽的話，那麼，造成的效果可就大大不同了。

要是這些主持人的吸引力足夠大，再加上與古玩的神秘、傳統、高昂價值相輔相成，這樣一來，整個節目自然就很能吸引眼球了。

只不過，因為那些主持人所挑選的古玩是不確定的。那麼，究竟會找到哪個專家來做最終鑒定，自然也就沒辦法事先確定下來了。至於賈似道所好奇的，活動都開始了一個小時了，還沒有電視臺的人進來攝製和採訪，則是因為，那幾個主持人現在正在廣場上挑選著自己初步需要鑒定的物件呢。

「看來，這還真是個好活動、好節目呢。」周大叔聞言，也點了點頭，說道：「說不定，下次，我的『周記』也可以搞這麼一個活動，想必能增加不少人氣吧？」

「我看吶，周大叔你的『周記』就不需要搞這個活動了。反正，在臨海這邊，只要是玩古玩的，還有誰不知道您的『周記』啊？」賈似道笑著說，「倒是我的翡翠店鋪馬上就要開張了，說不定，開業的時候，我可以好好地從這次的鑒寶活動中學一些宣傳的手段呢。」

說著，賈似道的腦海裏，便開始期待起自己的翡翠店鋪開張的情景來。

「你小子，還真是沒話說。」周富貴臉上淡淡一笑。

不過，因為有了賈似道自己提起即將開業的翡翠店鋪，無形中，也算是在行業內的圈子中，給自己的翡翠店鋪做了一次廣告。

「小賈，你的翡翠店鋪，竟然還沒有開業？」邊上的老王好奇地詢問了一聲。最後，待到賈似道說了開業的大致日子時，老王笑著說了一句：「到時候，老哥我一定前來捧個人場。不過，我可送不起什麼貴重的禮物哦。」

「老王，你要是能來的話，就是我收到的最好禮物啦。哈哈哈……」賈似道笑著答應了一句。其餘的幾個人，看到老王臉上的笑意，不禁也笑了起來。看起來，即便是在鑒定的時候，十分認真仔細甚至於是古板的專家們，這會兒的表現，也是非常詼諧和開朗的。

十來分鐘的時間很快就過去了。各位相互打趣著的專家們，也都重新坐回到自己的位置上。不過，賈似道臨轉身之前，就要回去的時候，紀嫣然卻打趣似的提醒了一句：「小賈，到時候，要是有主持人帶著藏友到你這邊來做鑒定，你可不要忙中出錯，亂說話哦？」

說起來，紀嫣然也是組織者之一呢。要不然的話，恐怕她也不會親自上陣，到這邊來幫忙做現場鑒定了吧？這會兒，她特意提醒賈似道，自然是看出，這麼多的專家裏，除了她自己之外，也就賈似道是個新手了。

「紀小姐，你就放心好了。」賈似道點頭道，「我明白的。」

整個古玩市場的行情，是非常混亂的，尤其是在價格的評估上。翡翠一行還稍微好一些，畢竟，翡翠自身所有的特性，就基本決定了其價值。其餘的雕工等方面，只不過是一些行家才會看重的因素。

要是在平時，客戶們挑選一個翡翠手鐲、翡翠戒面，對於雕刻打磨拋光的工藝，只要是在水準之上就成了，並沒有太多講究。所以，整個翡翠行業，無非也就是東西真不真，顏色對不對罷了。

只要能確定翡翠質地的真實性，這其中存在的價值差距，算不得非常巨大。不像其他一些古玩分類，在說到價格的時候，會有很多歷史底蘊的因素。不同的人，所開出來的價格，也就有很大差距了。

這會兒因為是電視臺來錄製節目，事先又沒有交代過，要是真遇到了，賈似道在估價上，自然需要儘量地靠近翡翠飾品的本質了。要不然，丟的可不光光是電視臺和主辦方的臉面，也還有賈似道自己的臉面。

剛坐下，沒鑒定多久呢，賈似道眼前排著的隊伍，人數就開始逐漸地減少下來。誰讓賈似道就是鑒定翡翠飾品的，整個古玩鑒寶大會上的人數雖然多，但是，前來做翡翠飾品鑒定的人，相對來說，可以算是非常少的。

賈似道和紀嫣然一陣忙活之後，兩個人就開始閑了下來。

「要不，小賈，你來幫忙，鑒定一下瑪瑙什麼的？」周大叔特意抽空對賈似道問了一句，「你看，紀嫣然可在幫忙著鑒定軟玉類的飾品呢。你看，你是不是也……」

那話裏的意思，無非是人家紀嫣然一個女孩子，都知道過來幫忙了，你賈似道一個大男人，總不至於乾坐在那邊看著，等著十幾二十分鐘才會有可能出現的一位翡翠類收藏愛好者出現吧？

「那個，周大叔，我看我還是算了吧。」自己有多少斤兩，賈似道還是清楚的，他搖了搖手，說道：「再說，我雖然是來幫別人鑒定的，但是，您也知道，我也就只是擅長翡翠一行啊。別的東西，我的眼力可不行。」

「那就暫且先饒了你了。」周富貴那邊也很忙，見到賈似道沒有救場的心思，話語中的意思也不是完全的推脫，也就不再理會他了。賈似道看了看其餘幾位專家，都還挺忙碌的，就他一個人這麼閑坐著，也不是滋味。他就走到紀嫣然這邊，和她招呼了一聲，然後就出了屋子，到其他地方去轉一轉。

除去對於翡翠的喜愛之外，賈似道對於瓷器之類的，也是非常感興趣的。最近一段時間，他還對古代錢幣充滿了興趣。這會兒，這麼好的機會，雖然賈似道沒有帶著自己的藏品過來，但是，去別的專場那邊看看，看那些專家是怎麼鑒定的，又或者見識一下其他藏友帶來什麼樣的東西，也是一件非常有樂趣的事情。

在翡翠飾品方面，那些藏友們所帶來的東西，因為限定了類別的緣故，賈似道所能見識到的，無非也就是翡翠手鐲、戒面、掛件，最多就是區分一下是什麼年代的東西。再不濟，就是各種各樣的仿製品了。對於這些，賈似道可沒有多少興趣。

這不，決定了要趁此機會，逛逛其他鑒定專場，賈似道自然是從同一個屋簷下的雜項類開始了。他興致盎然地湊到了雜項組這邊，先是和一些排著隊的收藏愛好者聊了聊。

這邊的藏友帶著的東西，可就是五花八門的，種類繁多。而且，還有很多東西，都是賈似道叫不出名字來的。其中就有一件賈似道看了分外喜歡的玩意兒，收藏者把這件東西捧在手中，乍一看，有點像是一個香煙盒子。賈似道就琢磨著，還挺漂亮的，上面的顏色則是黑色和黃色相間的，並不是很均勻。

賈似道剛一走過去，這位藏友先是微微一愣。因為，這個時候的賈似道，是直接從珠寶玉石這邊的專家台走過去的。同一個屋子裏，雖然分成了左右兩邊，但是，賈似道這麼直接走過去，還是比較顯眼的。

不過，在賈似道解釋了一下之後，這位藏友倒是很熱情，當即就把手裏的東西，給賈似道上手。

在鑒寶大會上，如果遇到同行的人，大家有了相同的興趣愛好，見面大多是表現得非常熱情的。而藏友們對於自己的東西，也都是侃侃而談，諸如來歷啦，對自己的東西的價值、年代上的判斷啦等等，即便說上個三天三夜，也不會覺得累。

賈似道接過手之後，仔細地打量了一下，感到整件東西的表層有幾分怪異的地方。有的地方比較透明，有的地方則是不透明的。賈似道詢問了一下，這位藏友卻搖頭，說自己也不清楚這東西是什麼材質。

「這樣啊，」賈似道接著嘀咕了一句，「莫非這東西，是玳瑁的？」玳瑁是一種大海龜的殼，這種海龜好像只產自海南那邊，現在是國家級保護動物。以前的大戶人家戴的眼鏡框就是玳瑁做的，鏡片則一般是用水晶做的。

賈似道能知道這玩意兒，還多虧了初中那會兒，感到自己的眼睛有點兒近視了，就想要配一副眼鏡。然後，他找了一些和眼鏡相關的資料。後來，也不知道在什麼地方，突然就看到了眼鏡的鏡框，五花八門的，竟然還有用海龜殼來做的，當即就記在了心上。不過，要是僅僅如此的話，記住也就記住了，也沒什麼用處。

自從對古玩這一行有了興趣之後，賈似道也不知道怎麼的，似乎從小到大，所經歷的但凡和古玩沾點邊的事情，腦海中對於它們的印象，就深刻了起來。玳瑁的眼鏡框是這樣，回家的時候，家中收藏的銅錢也是這樣。

不過，對於眼前的這個玩意兒，賈似道也說不準，這個用玳瑁製作的東西，究竟是不是個煙盒。於是，在輪到這位藏友到專家面前做鑑定的時候，賈似道也就很自然地站在邊上，想要認真地聽取一下專家的意見。

只是這個專家倒好，在剛一接手這件東西的時候，還沒怎麼看呢，就說了一句：「這個是什麼東西啊，就一個破盒子？」那話裏的意思，倒是收藏者的不是了，沒事竟然送一個「破盒子」來做鑑定。

頓時，賈似道臉上的神色就有些黑了下來。

這都是什麼專家啊，這樣的態度，不要說是眾多興致勃勃前來的收藏愛好者了，就是賈似道，身為鑑寶大會的鑑定專家之一，都覺得自己的臉上無光啊。

雖然，很多的時候，因為主辦方要求每一件東西都要說出點什麼來，而有些東西，就好比賈似道所遇到的用樹膠製作的翡翠飾品，根本就沒什麼好說的，假的就是假的，一句話的事情，總不能和藏友探討一下怎麼用樹膠仿製翡翠吧？

但是，賈似道好歹也會粗略地解說一下，在選購的時候，應該注意哪些方面，才能避免以後再次收到樹膠仿製的翡翠飾品。即便是這樣的話，在剛過去的一個小時中，賈似道都需要重複說上好幾遍。

不過，作為古玩鑒寶大會上的專家，既然來了，至少要給人家講清楚吧？

好在，就在賈似道想要發火，上前去理論一番的時候，眼前這位專家旁邊的一位專家，碰了一下這位專家的手肘，轉而接過藏友的東西，仔細地看了看，隨後還特意用上了放大鏡，甚至還把東西放到耳邊，輕輕地彈動了一下，聽了聽聲音。

賈似道琢磨著，這樣的架勢，倒也還真的有點專家的樣子了。

「這位藏友啊，你的這件東西，材質上呢，是玳瑁的，也就是……」隨後的解釋，倒是和賈似道猜測的一樣，不過，這位專家確定了東西是煙盒，而且年代還是民國的，把這位藏友心裏很刺激了一下。尤其是在介紹到東西的材質是大海龜的殼時，那位藏友臉上的笑意，就很自然地蕩漾開來。待到鑒定結束之後，這位藏友還拿到了鑒定證書。

本來，賈似道準備和這位藏友談上一談的，奈何人家想要儘快地和家人分享喜悅，一時間就匆匆地離開了，賈似道也不好說些什麼。一回頭，賈似道瞥了一眼先前那位鑒定的專家，此時，他依舊是毫無覺察地進行著鑒定工作。而他所說的話，大多數也就是「這玩意兒是假的」、「這東西是什麼啊」、「就這破東西，也能拿到這裏來？」諸如此類的話。

讓賈似道聽著是大搖其頭。他心裏琢磨著，這古玩界裏，還真是混亂啊。俗話說林子大了，什麼樣的鳥兒都有，或許到了這個時候，賈似道才算是真正體會到了這句話的含義。只是，讓賈似道頗有些詫異的是，為什麼紀嫣然他們這些組織者，自己都是行內的人，卻還會允許這樣的「專家」來呢？

當然，鑒寶大會的現場，也不是僅僅是有如此趣事發生。

賈似道就遇到一位年紀稍大的老頭，身邊跟著他的老伴，兩個人一起抱著一截長方形的木頭，來到了鑒定專家的面前，詢問道：「專家，你好，麻煩你幫忙看看，這是個什麼樣的東西？」

賈似道略微地瞅了一眼，發現正在鑒定的那位專家，正是先前鑒定出玳瑁煙盒的那位，心裏頓時有些好奇起來。因為，在一開始的時候，看著眼前的這截木頭，那位專家並沒有任何表示，只是皺了皺了眉頭，隨後，才拿著木頭瞅了兩眼，還聞了聞味道，看了眼前的老頭兒一眼，就是不開口說話。

到最後，還是老頭子自己按捺不住了，忍不住開口問道：

「這位專家啊，您可看仔細了，這玩意兒在我們家裏有些年頭了，以前就在家中的院子裏放著，風吹雨淋的，也沒去管過，這麼多年下來，卻一點兒都沒壞，您看看，就連形都沒變過。您瞧這裏，還有這裏，都很完整，連個蟲吃鼠咬的地方也沒有。我琢磨著，這東西肯定不簡單，專家您說，這東西是不是個寶貝啊？」

專家琢磨著，說道：「這個……」

專家剛準備開口呢，桌子前面的老人就說道：「專家，您會不會覺得，這東西就是老紫檀的呢？我聽說過，紫檀的東西特別貴。您給好好看看，這東西究竟能值多少錢啊？」

「兩位老人家，我想，你們是誤會我的意思了。」專家開口說道，「這個東西呢，是挺不錯的，您要是準備收藏呢，也挺有意義的。所以我看，您哪，還是拿回家去好好留著吧。」

「真的是好東西？」老伯自然是很高興了。

不過，這話在賈似道聽起來，卻有些玄乎。如果真的是紫檀的話，專家在鑒定的時候，肯定會直接說出來。對於紫檀、黃花梨這樣的材質，不管做工怎麼樣，能夠拿出點材料來，都能值不少錢。而專家的話，無疑已經說明了，眼前的長方形木頭絕對不會是紫檀的。只不過，專家的話說得比較婉轉而已。

而看上去，眼前的老頭子、老奶奶，明顯就不是行裏人，應該是隨著最近幾年的收藏熱，開始在家中尋摸出一點東西的人，想要借此弄出點祖輩上留下的值錢東西，自然也就沒有聽懂專家的話裏潛在的意思。

到了這會兒，看他們倆的神情，還是比較激動的。

為此，專家不由得繼續仔細地解釋起來：

「這塊木料，按你們所說的，幾十年日曬雨淋而不壞，可以看得出來，木質非常細膩和沉重，而且發色有點棕褐色，所以，讓你們誤會這東西就是紫檀了。事實上，它並不是紫檀……」

也許是看到兩位老人家都流露出驚訝的神情，專家不由得苦笑著搖了搖頭，說道：「我之所以說這木頭不是紫檀的，首先，是因為它沒有紫檀的犛牛紋表現，要知道，犛牛紋可是鑒定木質是不是紫檀的重要依據之一。」

說完，專家也不管眼前的這兩位老人家能不能聽得明白，直接而快速地說出了其他一些不符合紫檀的特點，比如發色什麼的，都不太對。

「對了，兩位你們可以仔細地聞一聞這木頭的味道。」專家把木頭給遞了回來，說道：「是不是有股清涼和辛辣交雜的味道啊？」

兩位老人家自然是依照專家說的去做了。不過，兩個人並沒有把長方形的木頭給接回來，反而是直接趴下身子，微微躬著腰，湊上去聞了聞。

專家說道：「這種味道，其實就是典型的樟木。這東西用來做個櫃子啊，房梁啊都還挺好的，不怕蟲咬，也不怕變形。但要說這東西的價值，其實值不了多少錢，在我國長江以南很多地區都產樟木。不過，你們都放了這麼多年了，應該把它好好地保管下去，也算是比較有紀念價值的了。」

「專家，你說的不太對啊。」

老頭子聞了聞眼前的長方形木頭之後，說道：「你說的什麼味道，我怎麼就聞不出來呢？專家啊，我們可是大老遠地跑過來一趟，實在是不容易，您看，要不，您再給我們好好地看看？」

專家解釋道：「兩位，我是說真的。這東西啊，就是個樟木，也就是老年間經常用來做箱子的那種木頭。至於您說的聞不出味兒來，可能是把它放在外面的時間太長了，味道淡了。不然，您仔細再聞聞，看看是不是樟木的味道。」

把話說到這個程度，要是眼前的老者再不願意相信，恐怕這位專家也沒有什麼辦法了吧？每一個人前來的時候，都是帶著很大的期望的。不說東西一定就要是對的吧，但凡前來鑒寶大會的人，首先就是指望自己的東西是真的，不是造假的，此外，就是關心自己的東西的價格了。

要不然，想要以平民百姓的身分，把自家藏著的「寶貝」給亮出來，可著實不是件容易的事情。這可不光是僅僅體現在老百姓的身上，哪怕就是一些老收藏家、大收藏家，當家中的藏品足以比擬博物館的時候，他們也不願意把自己的藏品拿出來，讓大夥兒開開眼。

遠的不說，就說揭陽的劉宇飛吧，要不是賈似道是劉宇飛的朋友的話，想要見識一下他的碧玉收藏，恐怕也不是那麼容易的。

第十章

「專家」

賈似道對著前面的收藏愛好者喊了一句：
「能不能讓我看看你手上的東西呢？」
「你？」那個人回過頭來，看了賈似道一眼，
當瞥到賈似道胸前的證件時，很不客氣地說了一句：
「我看還是算了吧。你可是個『專家』，我可高攀不起。
我啊，今天算是來錯地方了。」
話語中「專家」兩個字，特別地加重不少，
說完之後，頭也不回地走人了。

賈似道聽著聽著，雖然對於眼前這兩位前來鑒定的老人家比較遺憾，畢竟，他們拿過來的東西，著實是有些平凡了。但是，即便如此，賈似道也能從鑒定專家的解說裏，聽到不少知識。

這樣的鑒寶大會，才是讓人欣慰的鑒寶大會嘛！

再看那位老頭子，這會兒，把木頭給直接湊到了鼻子邊上，用力地嗅了嗅，隨後，又讓自己的老伴聞了聞，最後，兩個人對視了一眼，臉上的神情並不是很愉快。不過，賈似道看那意思，應該是聞出點什麼味道來了。畢竟，這地處江南的臨海地區，不要說以前了，就是現在的鄉下，也還有不少樟木，甚至賈似道的母親在結婚的那會兒，陪嫁的嫁妝裏，就有用樟木做成的箱子呢。對於這個味道，是再熟悉不過的了。

「麻煩你了啊，專家。」老頭子搖了搖頭，「不過，我還是覺得，我這東西，和一般的樟木不太一樣。」

至於究竟是什麼地方不一樣，老頭子沒有說，賈似道更是沒有想到什麼合適的理由。唯一還算是比較符合的，恐怕就是老頭子和老奶奶兩個人的心情，此時，雖然充滿了失望，但是神情也還算比較鎮定。

他們不像有些前來鑒定的收藏愛好者，一聽專家說自己的東西是假的，是做舊的，或者乾脆就是現代工藝品，直接就在現場流下了後悔的眼淚。這些人的眼淚，不正是說明了，古玩小販們的腰包，越來越鼓了嗎？

賈似道不由得感歎一聲，這年頭，對於收藏而言，連普通的老百姓，都惦著自己手裏的東西是個寶貝了，那一些真正的收藏愛好者，又從哪裏去撿漏呢？在古玩街上，所有的東西都要先經過古玩小販們的鑒定，暫且不說這些小販們的眼力究竟怎麼樣，光是他們在古玩一行摸爬滾打了這麼多年，大致的一些判斷方式，也還是能明白不少的。想要從他們的手上撿漏，沒點眼力，壓根兒就是不可能的事情。

當然，要是有非常好的運氣的話，那誰也無話可說。可是誰能光憑運氣就一輩子撿漏？

至於民間的一些收藏愛好者，家傳的畢竟是少數。再不濟，就和眼前的這兩位老人家一樣，從家中隨便尋摸出一件東西來，哪怕就是個長方形的木頭，都以為是家傳的古董了呢。這樣的心思，讓賈似道琢磨著，這古玩一行，還真是越來越不容易混下去了啊。

當下，賈似道看了一眼左邊的玉石珠寶鑒定席，前來鑒定的人越來越少了。反而是這邊雜項組的，收藏愛好者絲毫不見有少了的趨勢。

而像剛才那位鑒定專家這樣細緻的評說，乃至於用最平常的理由，來說服前來的收藏愛好者，自己的東西是不對的，實在是太少了。這不，賈似道就見到，剛才有位收藏愛好者排上了號，好不容易把東西給遞過去，那位老專家，連手都沒有動一下，直接說了一句：「這東西，就是所謂的一眼假啊，下一個。」

很讓人無語的鑒定評語。像這樣的例子實在是太多了。即便主辦方已經規定了，所有專家在鑒定的時候，都要說出一些大致的意見，或者對於藏品的評語，但是，依舊有很多人，剛一亮出自己的東西來，就被專家們一句話給打發走了。沒有解釋，也沒有原因，很多的專家只有一句話：東西不行，假的。

弄到最後，連賈似道都琢磨著，是不是自己在雜項上的眼力太弱了呢？不然，為什麼那些專家都可以一眼就看出東西的真假，而他賈似道卻需要經過不斷的上手把玩，仔細琢磨，才能判斷出個大概來？

賈似道又來到了瓷器鑒定組這一邊。

要說對於雜項組的鑒定，賈似道因為自身能力的原因，沒有什麼發言權的話，那麼，對於瓷器的眼力，賈似道雖然還不能和衛二爺這樣的大家去比，卻也能勉強看出不少端倪來。

因為賈似道的胸前別著鑒定專家的證件，雖然是玉石珠寶類別的，但是對於進入瓷器組的屋子，還是有一定特權的。門口的工作人員在賈似道出示了自己的證件之後，很快就放賈似道進去了。

這一幕，看得邊上的一些收藏愛好者直嚷嚷著：「黑幕，黑幕啊。竟然在古玩鑒寶大會上都有人走後門的。」

「嚷什麼嚷？嚷什麼嚷？」門口守衛著的工作人員，卻沒好氣地說了一句：「剛進去的這位，可是大會上的鑒定專家。是玉石珠寶那邊的，到這邊來找人而已。又不是送東西過來鑒定的，不會搶了你們鑒定的位置的。要是他真準備送東西來鑒定瓷器的話，也是要排隊的。」

這麼一來，原本還嚷嚷著的人群，一下子就安靜了下來。

剛跨進屋子的賈似道，自然也聽到了身後的動靜。他只能苦笑著搖了搖頭，心裏琢磨著，什麼時候開始，他也能擁有這樣的特權了呢？

進入到屋子裏之後，賈似道就見到，其中最年輕的專家，模樣上看著也比賈似道要長不少歲數，約莫在三十到四十歲之間。自從賈似道進入這個屋子之後，一連鑒定了有五個人次、六件瓷器作品了，手上的速度非常快，同樣的，嘴巴說話的速度也不慢，一件接著一件的瓷器被否認掉了。

賈似道都覺得，要不，這位專家就是真正的大行家，要不，就是什麼都不懂的新手，到這邊來湊數的。

隨後，賈似道從排隊在他前面，等待著鑒定的收藏愛好者中，仔細地打量了幾眼，發現有一個人手上拿著一個典型的康熙青花麒麟送子的小罐子。賈似道猛一眼看到的時候，就發現這東西，不管是器型、發色，還是人物的畫法，以及釉面上透露出來的蕎麥地，都是典型的康熙風格。

當然，因為沒有上手，僅僅是粗略地看了幾眼，賈似道也不好直接去判定這樣的東西就是一件贗品。賈似道正準備走過去和那位藏友拉拉交情，順帶把玩一下他手上的小罐子呢，卻發現，在他打量的時間裏，這位藏友前面的人已經全部鑒定完畢了，剛巧就輪到這位藏友上前去做鑒定了。

為此，賈似道的心裏，不得不再一次感歎了一下，眼前的這位專家，鑒定起瓷器來，速度實在是很快啊。

不過，即便如此，賈似道也還是很期待，這位專家對於這件清康熙年間的青花小罐子，究竟是有著什麼評價的。於是，在賈似道的翹首期待之下，那個專家拿過小罐子把玩了一下，又隨意地看了看，很直接地告訴那個鑒寶者，這東西是仿的，假的，不是康熙年間的，純屬現代工藝品。

這不由得讓賈似道大為驚訝。莫非自己在瓷器上的眼力，還是很不到位？賈似道很詫異地看了那位專家一眼，隨後又看了看鑒定席上的那只清康熙青花麒麟送子的小罐子。因為沒有上過手的原因，賈似道不說自己能百分百地認定那件東西就是真的，但是，就賈似道的眼光而言，至少也有五成的把握可以確定，這件東西應當是康熙年間的真品。無非，這件東西是屬於民窯的東西罷了。

即便如此，賈似道也沒有說出什麼反駁的話來，轉而期待著眼前這位專家，能說出點什麼理由來。為此，賈似道還特意靠近了一點，想要聽得真切一些。說白了，在古玩鑒定上，要是看著一件古玩是真的，就會越看越覺得東西是真的。要是看著一件古玩是假的，第一印象不好的話，那麼，或許很自然地就會只從中尋找出一些不利於這件古玩的證據來。

而現在賈似道所做的，就是等待著鑒定專家說出一個所以然來。要是真有什麼地方出了一丁點兒差錯，人家專家判定這玩意兒是假的，也就沒有什麼失誤的地方了。一時間，賈似道感覺到自己的心跳，竟然在這麼一個不適宜的時刻裏，莫名地越來越快起來。

靜！非常安靜！

在賈似道聽來，邊上其他專家的鑒定評語，似乎都不可聞一般，而眼前的賈似道想要聽聽評論的這位專家，卻還沒有隻字片言。連送來小罐子做鑒定的收藏愛好者自己也有點兒憋不住了吧，小聲地問了一句：「專家，您看，這只小罐子，我給過不少朋友看過，他們都說，這東西是屬於典型的開門到代的東西……」那話裏的意思，自然是想要詢問一下專家，這小罐子究竟假在哪裏了。

賈似道聞言，真是恨不得衝上前去，讚美一下這位收藏愛好者。在這種時候，說出這樣的話來，似乎是有點逼迫專家給出正面的回答一樣。這樣的勇氣，在賈似道看來，如果只是個普通老百姓的話，是斷然不會有的。最多也就是直接詢問一下，這件小罐子假在什麼地方而已，而像眼前這位收藏愛好者能說出這樣的話，應該也是個多多少少混過古玩一行的人吧？

不過，再看那位鑒定專家，此時卻依舊一副雲淡風輕的樣子，看了收藏愛好者一眼，直到收藏愛好者再問第二遍了，這位專家才終於說出了一句話來：「我說這東西是假的，自然是有我的依據了。你看看底足的地方，就是那個靠近邊上的旋痕，不對，康熙時候的青花，可不是這麼旋的！」

頓時，賈似道差點沒岔過氣去。

賈似道也算是接觸過不少瓷器的行家了吧？而在鑒定瓷器的時候，不講胎質、不講釉色，也不講發色，甚至不講瓷器表面上的畫工，只是盯住了旋痕不對，實在是很少見的。不，應該說，賈似道是第一次聽說。

不過，賈似道尋思來尋思去，這瓷器的底足上，怎麼還能有旋痕呢？或者，乾脆一點說，這瓷器的旋痕，究竟是個什麼東西？

不光賈似道不明白，那位送小罐子前來鑒定的收藏愛好者，此時也傻眼了。他直愣愣地看著眼前的專家，一句話都沒說出來，直接抱起自己的康熙青花麒麟送子小罐子，轉身走人了。他一邊走，一邊還憤憤地嘀咕著，對於這個古玩鑒寶大會，頗有點不屑一顧的感覺。

當下，賈似道也跟著走了出去。不說賈似道能不能管到那位胡亂鑒定的「專家」吧，就沖著賈似道這會兒自己也還是古玩鑒寶大會的專家呢，整個鑒寶大會上，也都還有著紀嫣然、周富貴、老王這樣賈似道所熟知的人，他也不能在這個時候，弄出點什麼么蛾子來。

更何況，這次的古玩鑒寶大會，可是有著當天的新聞採訪，以及電視臺製作的特別節目呢。

「喂，老兄，我說你慢走幾步，等我一下啊。」出了瓷器鑒定組的屋子，賈似道對著前面的收藏愛好者喊了一句：「能不能讓我看看你手上的東西呢？」

「你？」那個人回過頭來，看了賈似道一眼，當瞥到賈似道胸前的證件的時候，很不客氣地說了一句：「我看吶，還是算了吧。你可是個『專家』，我平頭百姓的，可高攀不起。我啊，今天算是來錯地方了。」話語中，「專家」兩個字，特別地加重了不少，而且說完之後，就頭也不回地走人了。任憑賈似道如何喊他，也沒有再停下來。

賈似道不由得苦笑了一下，站住了身子，他總不能直接追上去，拉住藏友不放手吧？

不過，低頭一看自己胸前的那張證件，賈似道忽然覺得，在他以特權的方式進入到瓷器組的鑒定現場察看的時候，想必一定不會預見到，會有這樣尷尬的場面吧？他想轉身回到瓷器組那邊再去看看，又覺得自己的背後，好像是被人在戳著脊樑骨一樣，有點涼颼颼的感覺。

賈似道以前就聽說過，在一些民間鑒寶大會上，會出現很多濫竽充數的專家，也會有很多專家明知道送來的東西的真假，卻故意看走了眼。比如，剛才的康熙青花麒麟送子的小罐子，本身就是真的，雖然是民窯，卻也是真品不是？不管那位專家是不是實力不濟，或者就是故意的，總之，他是走眼了。

當然，這也沒什麼大不了的。無非就是把可能對的東西給否定了而已，反正古玩一行，向來都是各人有各人的說法的，也沒什麼好奇怪的。但是，有的時候，個別專家明顯是看到人家送來的假的東西，而且拿東西的人一開口說出來的話，就知道對方是個古玩販子，跟專家一對眼，專家就能給判定東西是對的，並且還做了登記，出具了鑒定證書。這樣一來，傷害的可就不僅僅是個人的利益了，而是整個古玩行業。

賈似道原本以為，這樣的傳言大多都是假的，是一些前來鑒定自己的收藏品，卻失望而歸的收藏愛好者自己編出來的。但是，就剛才的情況來看，賈似道卻要在心裏掂量掂量這些傳言的真實性了。無風不起浪啊。

賈似道剛一進門，就看到了紀嫣然，正在瞧向屋子的門口這邊。猛然間見到賈似道走了進來，她微微一愣。賈似道和她的視線經過短暫的對視，又交錯而過。賈似道心裏微微一暖，這算不算得上是心有靈犀呢？

「小賈，出去轉了一圈，有沒有什麼特別的收穫啊？」周大叔此時也見到賈似道回來了，自然是笑著問了一句：「外面還算熱鬧吧？」

「當然很熱鬧了。」賈似道摸了摸鼻子，「要不然的話，我又怎麼會這麼快就趕回來，想要看看是不是幫忙，減輕大夥兒的負擔呢？」

儘管賈似道對於奇石之類的東西不太鑒定得出來，但是，對於和翡翠相關的，比如瑪瑙之類的，卻還是多少有些瞭解的。即便遇到了自己不懂的，也可以把鑒定的任務轉交給周大叔等其他一些懂行的專家嘛。

所以，和紀嫣然打了個招呼，賈似道就回到了自己的座位席上，再對著門口的工作人員打了個眼色，遂又再度幹起了鑒定的工作。

至於剛才看到古玩一行比較灰色的一幕，賈似道卻打算藏在心裏，不和周大叔等熟人提起了。說不定，以周大叔這樣的老資格，對於古玩一行的門道，懂得的，遠要比賈似道多得多了。

也許，就在先前賈似道剛一進門的時候，周大叔那句似是而非的問話，就說明了，周大叔內心裏一些潛在的對於古玩一行的想法呢。要不然，周大叔又為何要詢問賈似道有沒有什麼特別的收穫呢？乃至於在看到賈似道神色如常的時候，才轉而繼續鑒定起手頭上的碧玉擺件。

由於這一次，賈似道鑒定的不再局限於翡翠飾品了，所以，門口的工作人員，倒也放進來了許多其他珠寶玉石的收藏者，讓他們排隊到賈似道這邊來做鑒定。

這不，賈似道剛一開工，就遇到了一位穿著比較洋氣的藏友，對方拿出來的東西挺不錯，是一顆真正的紅寶石，這一點，賈似道完全可以確定。

對於現在手上這顆寶石，無論是從賈似道的眼力來判斷，還是從特殊感知能力而言，和紅寶石完全一致的質感，都讓賈似道可以有個很肯定的判斷。

但是，接下來，迎接著收藏者期待的目光時，賈似道就感到自己的頭皮一陣陣發麻。紅寶石的一些參數，賈似道自然清楚。這會兒，在沒有精密儀器的情況下，賈似道要是具體解說出來，不要說是眼前的收藏者和邊上的老專家了，就連賈似道自己，恐怕也會認為自己是個怪物吧？

到最後，賈似道也沒想出合適的托詞，只能按照最尋常的說法，說了一些紅寶石的特點，然後確定這顆寶石是真的，也說了市場上的價格。看著那位穿著洋氣的女子興高采烈地離開了，賈似道才算是鬆了一口氣。

賈似道心中暗自地感歎著，幸虧這顆寶石是真的，要不然，要是讓賈似道具體地分析一下為什麼是假的，賈似道就沒辦法解釋清楚了。

畢竟，對於好話，不管是誰都喜歡聽的，哪怕好話說得隱晦和含糊一些。因為有了這樣良好的開端，在隨後的時間裏，賈似道鑒定起來，倒也是有模有樣的。

要是真的遇到了自己鑒定不了的東西，賈似道會首先詢問一下邊上的老專家，看看別人是個什麼意見。有時候，還會遇到一些軟玉類的飾品，尤其是一些高古玉之類的，賈似道也會去詢問一下周大叔的意見。這期間倒也沒有出現什麼大的差錯。

正當賈似道心裏微微有些得意，感覺自己做得還很不錯的時候，門口那邊，忽然傳來了一陣喧鬧聲。賈似道抬眼看去，首先映入眼簾的是一個背影，在背影的肩膀上，則扛著一台攝影機。此時，身影正在以退步的方式，進入到屋子裏。

而在攝影機的正對面，則是一個穿著普通的中年男子，大約四十歲左右，一件青灰色長袖襯衫，衣襟上泛出一抹淡淡的蒼白，隱約還有著幾個線頭冒出來，可以看出很明顯的陳舊痕跡。

而在這個男子的手中，這會兒小心翼翼地捧著一個盒子，眼神不說變幻不定吧，卻有幾分很鄭重的感覺，似乎是生怕別人不知道他手中的東西很貴重一樣。

當然，在賈似道的眼中，這些都不是重要的。有攝影機出現，只能說明，電視臺要錄製在節目裏，碰巧有一位主持人尋找出來的寶貝，是屬於珠寶玉石一類或者是屬於雜項一組的。而到了現在，整個古玩鑒寶活動已經過去了將近三個小時了。整個上午的鑒定活動時間，也算是接近了尾聲。

要是再沒有電視臺的主持人進入到賈似道所在的這個屋子的話，那才叫不正常呢。畢竟，珠寶玉石和雜項合起來，也算是一個非常大的類別了。

至於那位手中小心翼翼地捧著一個盒子的男子，在賈似道眼中，更是再普通不過了。這樣的男子，在外面的廣場上，幾乎可以說是一抓一大把，沒有絲毫特別之處。千萬別以為，能前來做古玩鑒定的人，都是一些收藏家，或者是打扮得油頭粉面的時髦年輕人，其中數量最大的，還是穿著普通的老百姓。不然，又怎麼能說是民間古玩鑒寶大會呢？

無怪乎紀嫣然在鑒定席上就座的時候，會有不少年輕男子爭搶著過去她那邊，想要找個機會搭訕一下了。

但是，就是這樣一個古玩鑒寶大會，就是這樣的一個普通中年男子的身邊，有了攝影機出現之後，那個手裏拿著話筒的主持人，在還沒有進入到屋子裏的時候，就引起了不亞於紀嫣然出現時的騷動。

賈似道揉了揉自己的眼睛，確定自己沒有看錯，嘴巴還微微張開著，忘記了重新合上，眼睛則直愣愣地看著前方，似乎那裏有著莫名的吸引力。

而那位主持人，在進入到屋子之後，和門口的工作人員交涉了一下，順著工作人員手指的方向，目光看向珠寶玉石組這邊的鑒定席，簡單地掃視了一下，就瞟到了賈似道的身上。一時間，即便人還站在攝影機的面前，在主持人的臉上也露出了一片愕然之色。

賈似道苦笑一下，也不知道是責怪她是業餘的主持人為好，還是說明，兩個人能在這樣的地方相遇，的確給了兩個人很大的震撼。這個主持人，居然就是曾經和賈似道一起租過房的房客，也算是半個熟人。之所以說是半個熟人，是因為兩個人之間碰面的機會很少，說話自然也少，後來賈似道搬出來之後，就和這個叫吳蕤的女人沒有聯繫了，沒想到居然在這裏又遇見了。

賈似道這邊驚訝著，那邊的女主持人倒是很快就恢復了鎮靜。她先是對著話筒，朝攝影機這邊，巧笑嫣然地說道：「這會兒呢，我們已經到了玉石珠寶鑒定的現場了，接下來，就請大家等待著看專家們，對於這位藏友的藏品，究竟有著如何的說法了。」

說完之後，她自然是帶著邊上的中年男子，走向珠寶玉石鑒定席。和賈似道所預料的結果一樣，她並沒有來到賈似道的面前。因為，以賈似道的判斷而言，要是中年男子的手中捧著的盒子裏，裝著的是翡翠首飾的話，壓根兒就不會在上面特意加一層黑色的布。仔細地打量了一眼，賈似道還發現，那黑色的布竟然比較厚實，幾乎都不太可能透光。

而要是東西不是翡翠一類的話，整個珠寶玉石鑒定席上坐著這麼多專家，是怎麼也不會輪到讓賈似道來鑒定的。雖然，在剛才很長的一段時間裏，賈似道也在客串著其他珠寶類別飾品的鑒定。

在眾人期待的目光之中，那位穿著普通，卻集中了屋子裏所有人視線關注的男子，來到了老王跟前。因為在古玩鑒寶大會開始之前宣傳的時候就說明了，在鑒定活動的現場，會進行一個電視臺節目的錄製。到時候，要是遇到主持人所挑選出來的藏友，則可以不用排隊，直接讓主持人帶領著到專家跟前，做一次攝影機拍攝下的鑒定。所以，這會兒原來站在鑒定席跟前排隊的收藏愛好者們，也很自覺地讓出了一條道來。

不過，位置是讓出來了，他們的隊伍卻依舊還是有些秩序的。一個個藏友踮起腳尖，往中年男子這邊看過來。有些藏友，在看到攝影機出現的時候，還對著鏡頭打了個招呼，讓邊上的一些藏友競相模仿起來。

而這個時候，操作著攝影機的大哥，也很如大家所願的，把鏡頭對著屋子裏的所有人都拍攝了一遍，最後才把鏡頭對準了珠寶玉石鑒定席位上的幾位專家。雖然賈似道所在的位置是最靠邊上的，但是，這個時候的賈似道也感覺到，那台移動著的攝影機裏，肯定會有自己的身影。

在所有人的注視之下，主持人帶著中年男子來到老王的跟前，對老王說道：「這位專家，你好，我是臨海電視臺鑒寶活動的主持人吳蕤，在我身後這位，是一位熱心的收藏愛好者，這一次，借著古玩鑒寶大會的活動，他想要各位專家幫忙鑒定一下，他手上的東西究竟值多少價錢。」

說著，吳蕤很自然的就把鏡頭讓給了身邊的中年男子。

「各位專家好！我這次到這邊來，想要各位專家幫忙鑒定一下的，是一顆夜明珠！」中年男子說道，「這是我前幾年，在廣東那邊，從一個天光墟市場上淘回來的。」一邊說著，中年男子一邊就把手中捧著的盒子遞到了鑒定席上。不過，即便如此，此時蓋在盒子上面的黑布，卻沒有揭開來。

如此一來，有了夜明珠這樣的噱頭，不管東西是不是真的，有了黑布的遮蓋，一時間倒是給現場造成了很大的神秘感。不光是現場的收藏愛好者，就連鑒定席上的珠寶玉石組專家們，在乍聽到「夜明珠」三個字時，也是一陣頭大。

倒不是說夜明珠不好，相反，關於「夜明珠」的傳說就有很多。但是，夜明珠的市場卻無明白規範。相比起翡翠、軟玉、雞血石、田黃這樣已經形成一定規模的珠寶玉石市場而言，「夜明珠」的市場還為之過早，甚至連「夜明珠」的定義也不是很統一。如此一來，在價格上，也就更加不規範了。

總而言之，對於夜明珠這樣的東西，不管是誰，都不太容易估價。尤其是在現在這個收藏熱的年代，一顆夜明珠的價格，完全就看擁有者如何去炒作了。或者，就是把這顆夜明珠和某一個歷史故事結合在一起，然後上拍賣行，一開價就是天文數字。至於有沒有人真的會競拍購買，那又是另外一回事了。

「這位藏友，你說你盒子裏的東西，是『夜明珠』？可有什麼依據？」老王琢磨著，既然人家找的是他，他自然也就需要幫忙鑒定一番了。

「當然有啊。在晚上的時候，就能看得見它散發出來的光芒。」中年男子說道，「即便是在黑色的環境下，它也能散發出光芒來。」說著，中年男子就很乾脆俐落地把黑布給扯了下來。顯然，為了製造出夜明珠能散發出光芒的效果來，中年男子可算是費了不少心思。

而當黑色的布被揭開，盒子也打開來之後，盒子的正中間，就出現了一顆鴿子蛋大小的石頭。由於中年男子沒有把黑色的布完全撤掉，還半遮半掩地圍著，所以，珠寶玉石鑒定席上的專家們，都可以看到，從「夜明珠」裏散發出一些微弱的綠色光芒。

從賈似道的這個角度來看，倒更像是用強光手電筒，照射著通透性極佳的玻璃種翡翠之時所看到的景象了。

老王因為是主要鑒定專家，這會兒，他很自然地就戴上了手套，然後才用手去拿起了那顆「夜明珠」，用手指輕微地在「夜明珠」上面搓了搓，轉而看了看邊上的幾位鑒定專家，說道：「上面沒有螢光粉。」之後，也不管眾位專家的反應，又開始用放大鏡對著「夜明珠」察看了起來。

老王一邊看，一邊說著：「從礦石的表面來看，不是很滑膩，表層的原始脈絡也比較清晰。」隨後，又從鑒定席位的邊上拿來了顯微鏡，這玩意兒，整個鑒定大會到現在為止，也沒有用得上幾次。

不過，也許是因為有了電視臺參與的緣故，又或者對於「夜明珠」這樣的東西心裏沒有譜，對於老王的舉動，在場的每一個鑒定專家都默認似的點了點頭。而對於一顆「夜明珠」而言，要是在表面上被塗上了一層螢光粉這樣能發光的物質的話，這是最常見的作假手段了。所以，老王一開始才會戴上手套，觸摸一下「夜明珠」的表面。

要是作假者稍微花費相對來說比較昂貴的成本，把磷光粉這樣能發光的物質注入夜明珠內部的話，那麼，這樣作假的「夜明珠」，甚至可以發光長達一兩年的時間。

「對了，這顆『夜明珠』，到了你手上之後有多長時間了？是不是一直都是發光的？」周大叔看著老王的鑒定舉動，自己反正是閑著，便詢問了起來。

「有兩三年了吧。」中年男子稍微琢磨了一下，「應該是兩年零八個月了。一直都是發光的。」說著，中年男子的臉上露出了一絲興奮的神情。

很顯然，他對於這顆「夜明珠」抱有很大的期望。

「這上面應該沒有作假的痕跡。」老王察看完畢之後說，「在它的內部，並沒有被化學物質侵入的跡象，也沒有物理的破壞。」

「這麼說來，這真的是一顆價值連城的『夜明珠』嘍？」吳蕤一邊手拿著話筒，一邊對老王詢問道：「請問專家，『夜明珠』能在黑暗的環境下散發出一定的光芒來，究竟是什麼原因呢？」

「這個問題問得好啊。」老王笑呵呵地放下了手裏的工具，把「夜明珠」轉給其他專家也看看，才回答道：「自然界中，有很多礦石都是會發光的，就比如螢光石。而且，現在學術界中，對於『夜明珠』的定義很模糊，很難說螢光石就一定是『夜明珠』。不過，具體來說，『夜明珠』至少應該是一顆珠子，而不是一塊石頭。」

對於這一點，大家聽到老王的解釋之後，都善意地笑了笑。

「而眼前這一顆，雖然形態上的確算得上是一顆珠子了，但是，它的本質，還是一塊石頭。」老王說道，「就像翡翠，所有翡翠珠鏈上的珠子，要是摻雜一些雜質的話，會使翡翠珠子看上去很鈍，顏色也很呆板，這樣的珠子，雖然可以稱之為『翡翠珠子』，它的成分也同樣還是有石頭存在。真要具體來區分的話，還是算不得『翡翠珠子』的。」

看著老王在那邊侃侃而談，吳蕤等人則是翹首以待的模樣，賈似道心裏卻微微一笑。別看老王扯得有點遠了，甚至說到了和「夜明珠」沒有關係的翡翠上面，有點偷換概念的意思。不過，以這樣的例子，解釋起來更加形象一些。

要不然，老王光是解釋，眼前的這顆不是「夜明珠」，而是什麼「螢光石」之類的，難免會讓人有些費解。

「那就是說，這顆『珠子』不是夜明珠嘍？」吳蕤在最後，對著攝影機的鏡頭詢問了一句。攝影機的鏡頭一下就對準了老王，顯然是很希望聽到老王確切的鑒定答案了。

請續看《古玩高手》之八 閃亮登場

【附錄】

兩岸主要古玩市場・市集地址

台灣古玩市場・市集地址

台北市建國假日玉市：北市仁愛路、濟南路及建國南路高架橋下
台北市光華假日玉市：新生北路與八德路口
台北市三普古董商場：台北市新生南路一段十四號
台北市大都會珠寶古董商場：台北市中山區松江路二九一號地下一樓
新竹市東門市場：新竹市東區中正路一〇六號
台中市立文化中心周遭：英才路、美村路、林森路、公益路、金山路和民生路等地段
台中市第五期重劃區：大隆路、精明一街、精明二街、東興路和大業路等地段
彰化：彰鹿路
高雄市：廣州街、廈門街、七賢三街、中正路、大豐路等

大陸古玩市場．市集地址

北京古玩城：北京市朝陽區東三環南路廿一號
北京潘家園舊貨市場：北京市朝陽區華威里十八號
上海國際收藏品市場：上海市江西中路四五七號
天津古物市場：天津市南開區東馬路水閣大街三十號
天津古玩城：天津市南開區古文化街
重慶市綜合類收藏品市場：重慶市渝中區較場口八二號
廣東省深圳市古玩城：廣東省深圳市樂園路十三號
廣東省深圳華之萃古玩世界：廣東省深圳市紅嶺路荔景大廈
江蘇省南京夫子廟市場：江蘇省南京市夫子廟東市
江蘇省南京金陵收藏品市場：江蘇省南京市清涼山公園
浙江省杭州市民間收藏品交易市場：浙江省杭州市湖墅南路
浙江省紹興市古玩市場：浙江省紹興市紹興府河街四一號
福建省白鷺洲古玩城：福建省廈門市湖濱中路
福建省泉州市塗門街古玩市場：福建省泉州市狀元街、文化街及鐘樓附近
河南省洛陽市西工古玩市場：河南省洛陽市洛陽中州路
河南省洛陽市瀍澤文物古玩市場：河南省洛陽市九都東路一三三號

湖北省武昌市古玩城：湖北省武昌市東湖中南路
四川省成都市文物古玩市場：四川省成都市青華路三六號
遼寧省大連市古玩城：遼寧省大連市港灣街一號
遼寧省瀋陽市古玩城：遼寧省瀋陽市瀋陽故宮附近
黑龍江省哈爾濱市馬家街古玩市場：黑龍江省哈爾濱市南崗區馬家街西頭
吉林省長春市吉發古玩城：吉林省長春市清明街七四號
山東省青島市古玩市場：山東省青島市昌樂路
河北省石家莊市古玩城：河北省石家莊市西大街一號
山西省平遙古物市場：山西省平遙縣明清街
山西省太原南宮收藏品市場：山西省太原市迎澤路
陝西省西安市古玩城：陝西省西安市朱雀大街中段二號
安徽省合肥市城隍廟古玩城：安徽省合肥市城隍廟
甘肅省蘭州古玩城：甘肅省蘭州市白塔山公園
雲南省昆明市古玩城：雲南省昆明市桃園街一一九號
江西省南昌市滕王閣古玩市場：江西省南昌市滕王閣
貴州省貴陽市花鳥古玩市場：貴州省貴陽市陽明路
湖南省長沙市博物館古玩一條街：湖南省長沙市清水塘路

古玩人生 之7 億元古幣

作者：鬼徒
發行人：陳曉林
出版所：風雲時代出版股份有限公司
地址：105台北市民生東路五段178號7樓之3
風雲書網：http://www.eastbooks.com.tw
官方部落格：http://eastbooks.pixnet.net/blog
Facebook：http://www.facebook.com/h7560949
信箱：h7560949@ms15.hinet.net
郵撥帳號：12043291
服務專線：(02)27560949
傳真專線：(02)27653799
執行主編：劉宇青
美術編輯：許惠芳

法律顧問：永然法律事務所 李永然律師
北辰著作權事務所 蕭雄淋律師

版權授權：蔡雷平
初版日期：2016年12月
初版二刷：2016年12月20日
ISBN ：978-986-352-371-0

總 經 銷：成信文化事業股份有限公司
地　　址：新北市新店區中正路四維巷二弄2號4樓
電　　話：(02)2219-2080

行政院新聞局局版台業字第3595號 營利事業統一編號22759935

定價：280元　特價：199元

國家圖書館出版品預行編目資料

古玩人生／鬼徒 著. --初版-- 臺北市：風雲時代，
2016.08 -- 冊；公分

ISBN 978-986-352-371-0（第7冊；平裝）

857.7　　105012837